朗読ドラマ集

宮澤賢治　中原中也　金子みすゞ

末原正彦

コールサック社

末原正彦　朗読ドラマ集

宮澤賢治　中原中也　金子みすゞ

目次

末原正彦　朗読ドラマ集

宮澤賢治　中原中也　金子みすゞ

はじめに

　これらの朗読ドラマは、元々【千葉県詩人クラブ】に頼まれて書いたもので、〝秋の詩祭〟に上演されたものですが、時間の都合上、いずれも三、四十分に縮小しての上演になりました。確かに上演するとなると、時間、登場人物、衣装、音楽、照明等と様々な制約がありますが、作者としては、縮小していない、書き上げた時の姿のままを読んでもらいたい、という欲求があります。それでこうして本にしました。まずは、読んでいただきたい。

「宮澤賢治」も「中原中也」も「金子みすゞ」も、この朗読ドラマを読むことで、その一生がどんなものであったのか、どんな生き方をしたのか、そして、どんな環境で日本を代表する各々の詩がうまれたのか、理解してもらいたいと思うのです。

　二十一世紀も語り継がれ、読み継がれる詩人たちであります。仲間がいれば、役を振り分け、読み合わせて楽しんでもらいたい。人数によっては一人何役か受け持つこともできます。人前で発表するのであれば、衣装や音楽を楽しむことも出来ます。長ければ、前編、後編に分けることも出来るでしょう。朗読ドラマはいかようにも料理できるのです。教室でただ読むという発表の仕方でもいいし、舞台で演劇仕立てに照明などを駆使して、観客にみてもらうこともできます。どんな表現の方法でも、作品の内容、詩人の生き方は心に届きます。

こうして出版することで、一人でも多くの人に、この優れた詩人たちと関わってもらえるよう願っています。

出版にあたっては、コールサック社の鈴木比佐雄社長に大変お世話になりました。感謝いたします。

末原正彦

一章　宮澤賢治の一生

方言監修　千葉一義

登場人物

語り部A
語り部B
宮澤賢治（長男）
父・政次郎
母・イチ
妹・トシ（長女）
妹・シゲ（次女）
弟・清六（次男）
友人・森佐一
鈴木東蔵（砕石工場社長）
伊藤チエ

以上の登場人物で構成されています。
なお、この作品は文献を基にして創作したものです。

一

語り部A　「宮澤賢治は一八九六年（明治二十九年）八月一日、岩手県稗貫郡《ひえぬき》里川口村、現在の花巻市豊沢町に生まれました。父・政次郎《まさじろう》二十二歳、母・イチ十九歳の時の子供でございます。家業は祖父・喜助《きすけ》が興した質屋で、古着等も手広く扱っておりました。父方も母方も先祖は江戸時代に京都から下った藤原将監で、二代目から宮澤姓を名乗り、本家筋は大工で現在でも名のある建物が残っております。分家筋が商売で成功して、宮澤一族つまり〝ミヤザワマキ〟と呼ばれる地位と財を築きました」

語り部B　「賢治が三歳になると、待っていたかのように、父の姉、つまり賢治の伯母ヤギが親鸞《しんらん》の教えである〝正信念仏偈《しょうしんねんぶつげ》〟を唱えて聞かせ、いつの間にか賢治も唱えるようになっていました。この時、ヤギは宮澤直太朗《なおたろう》と離婚し、実家に帰ってきておりました」

賢治　「煩悩の林に遊びて神通《じんつう》を現し、生死の園に入りて、応化《おうげ》を示すと言えり」

語り部A　「いきなり、正信偈《しょうしんげ》の一節を賢治が口にしたので、子守歌がわりに唱えていた当のヤギはびっくりして、『ありゃ、もう覚えてる。ちょっと、政次郎さん、大そうなことじゃ！』と店番をしていた政次郎を呼び寄せました」

政次郎　「姉さん、なじょした？　賢治がなじょした？」

語り部A　「何事かと政次郎が来ると、ヤギは『たまげた。もう正信偈を語った！』と叫びました」
政次郎　「本当か！　そりゃあ、利口もんじゃ。おい、イチ、賢治が正信偈を語ったそうじゃ」
語り部A　「と、賢治を抱き、奥の間に休んでいる臨月の妻、イチのところに連れて行きました」
語り部B　「すると、ヤギは自分が教えたという自慢もあって、奥の間にいた父や母、賢治にとっての祖父と祖母まで呼んで来て、大騒ぎです」
語り部B　「『賢坊が念仏を語ったと！』と祖父の喜助が賢治を抱き取ります」
語り部A　「祖母のキンが、『賢ちゃんは字も書いとったな、おじいさん』と賢治の頬をいとしそうに撫ぜます」
語り部B　「『まあな、文字と言えば文字、仏と読めば読めねくもなかったな』とおじいさんは目を細めます」
イチ　「まだ、三歳ですから、あんまり大げさにしねぇ方が……」
政次郎　「そうだな。あまり期待しすぎても、子供にはいぐねぇな」
語り部B　「すると、喜助が『なあに、政次郎、お前も褒められて育ったんだ。褒めるのはええことだ』と言えば」
語り部A　「キンも『そうだ、三歳で念仏を唱えたんなら、大したことだ』と輪をかけます。横でヤギは『んだ、んだ』と頷《うなず》いています」
賢治　「ナムアミダブツ、ナムアミダブツ」
一同　「おおーっつ！」

語り部A　「そんなこともありましたが、その年の十一月五日、妹・トシが生まれ、賢治五歳のとき、その下の妹・シゲが生まれました」

二

語り部B　「一九〇三年（明治三十六年）、賢治七歳になり、町立花巻川口尋常小学校に入学するこの年、父・政次郎の弟・治三郎《じさぶろう》と母・イチの祖母・トキが相次いで他界する。翌年、賢治二年の時、その小学校の児童にとても大きな事故が起こった。近くの豊沢川で遊んでいた四人の生徒が水流に足をとられ、流されてしまった。四年生の二人は釣り人に救われたが、二人の二年生は翌日水死体となって発見された」

賢治　「お父さん、人はなんで死ぬのかな」

政次郎　「生きてるからだ。お前もお父さんも他のみんなも生きている。だから、みんないつかは死ぬ」

賢治　「死んだら、どうなるの？」

政次郎　「どうなるかなあ。阿弥陀様に教えてもらおうと思って、南無阿弥陀仏と唱えているんだ。教えてもらわねば、死ぬのおっかねぇもんなあ」

語り部B　「賢治八歳の時、弟・清六《せいろく》が生まれる」

語り部Ａ　「賢治十歳の時、第八回夏期講習会に侍童《じどう》の役を任じられて参加しました。この講習会は日常の心得や宗教学を勉強するもので、毎回賢治の父・政次郎等が中心になり、大沢温泉で十日前後の日数をかけて行われます。この時の講師は〝浩々洞《こうこうどう》塾《じゅく》〟の中心人物で『精神界』という雑誌を発行している暁烏敏《あけがらすはや》という人でした。政次郎はこの人を深く尊敬しており、わざわざ東京まで出かけて、頼みに行ったのです。この勉強会の一部を紹介しますと、父・政次郎三十二歳と母・イチの一番下の妹・コト十二歳の問答《もんどう》は」

政次郎　「心は如何《いか》に？」

語り部Ａ　「と問われ、コトは『心は円《まる》きもの、光るものにして、内に仏あり。私は体は弱けれど、心は強し。仏在りせばなり』と答え」

政次郎　「人生の目的は如何《いかん》？」

語り部Ａ　「と問われると『母さんに頼まれて生まれたり。仏、私に行って来いと申されければ生まれたり。この世に来《きた》れるは、仏をほめ世の人に平和を与えんがためなり』と答えます」

政次郎　「いつまでもそのあどけなき笑顔にて仏の国の道しるべせよ」

語り部Ａ　「『御仏を互いの上に拝みつつ、同じ心に楽し世をいく』と答えるのでした」

語り部Ｂ　「賢治の小学校の成績は、一年から六年まで全て甲で、卒業の時は成績優等につき、読本二冊、算術書一冊、修身書一冊、また皆勤賞として書き方手本二冊を与えられた。妹・トシも模範生として表彰された」

三

語り部B　「一九〇九年（明治四十二年）、賢治、母・イチに伴われ盛岡に出る。盛岡中学校を受験するためである。三月三十一日、紺屋町《こんやちょう》の三島屋に宿泊した。久しぶりに大好きな母と二人きりになり、賢治は嬉しくて仕方がなかった。厳格な父を嫌いというわけではなかったが、二言目にはまっ直ぐ生きる〝生き方〟を口にするので、息苦しく思うことが多かった」

賢治　「お母ちゃん、感謝だ。じじ、ばばのお世話や店番やと忙しくしてるのに」

イチ　「感謝はうれしいけど、忙しいのはいいことだ。自分のためにもなれば、人のためにもなる」

賢治　「お蚕を始めたのも、そういうこと？」

イチ　「んだ。お母ちゃんのためにもなれば、みんなのためにもなる」

賢治　「でもな、よその人は悪口言ってた。宮澤は質草《しちぐさ》取り上げて、毎日魚を食うて、山や土地や別宅まで手に入れて、嫁をこぎ使ってるって。嫁ってお母ちゃんのことだ」

イチ　「なんも、お母ちゃん毎日楽しく生きてる。みんなお母ちゃんが自分からやってることだ。他人に言われることは何もない。お父さんだってそうだ。汗水流して働いて、稼いだお金はみんな人さまのために使《つこ》うてる。信心とはそういうことだ」

賢治　「そうだね。信心てそういうことだね。僕も中学を出たら、お父さんの後を継いで立派な質屋になるよ」

イチ　「中学の試験は明日からよ。入る前から出た先のことを言って、大丈夫なの？」

賢治　「心配せんでええよ。でも、僕が合格すると、誰かが落ちるんだよね。いやだな」

語り部B　「三三四名受験して一三四名が合格した。賢治も好成績で合格し、寄宿舎生活が始まった」

語り部A　「寄宿舎は〝自彊寮《じきょうりょう》〟といい、またの呼び名を〝黒壁城〟と言っていました。本校舎を〝白壁城〟と呼んでいたので、寮はそう呼ばれたのです。上級生、新入生入り混じって、一部屋に六名位が入っておりました」

語り部B　「賢治は小学校の頃から石に興味を持ち、中学の寮生活に入ると、家を手伝うこともなくなったので、自由時間の殆《ほとん》どを鉱石採集のため、近くの山や丘を探索して歩いていた。腰にはいつも岩石を砕くため金槌を挟んでおり、採集した鉱石は置き場がない程であった」

語り部A　「一九一一年（明治四十四年）、十五歳、盛岡中学校三年になります。賢治は小学校六年間は実に見事な優等生でしたが、花巻から盛岡中学校に進み、親元を離れると、自分の心の赴《おもむ》くままに行動することが多くなり、成績も下から数えた方が早い程語り部B　落ちてしまいました。その頃の友人たちの証言があります「賢さんは、学校の成績はあまり良くなく、というより、悪かったという方が当たっている。悪いはずだ。学校の教科書などは殆ど勉強しなかった。無心に勉強しているなと思って覗いてみると、私などには難しくて到底理解の出来そうもないエマーソンの哲学書だったり、岩石の本だったり、そう、中央公論もよく読んでいた。それに教師に反抗した。或る物足りなさを感じていたのかも知れない。また、上級生とは議論したが、下級生には親切であった」

語り部A　「十月に〝黒壁城記念祭〟があり、その飾りつけをするため、同室の友人と紅葉の枝を取りに北山に行きました。その時、見事な漆の紅葉を見つけ」

賢治　「僕はね、今まで漆に負けたことは一度もないんだ。いいかい、見ててよ」

語り部A　「そう言うと、わざわざ切り口から出る漆《うるし》の汁を顔一面に塗り付け、皆をびっくりさせましたが、案の定、翌日真っ赤に腫《は》れあがり、二た目と見られぬご面相になって、花巻の実家に帰ることになってしまいました」

清六　「お父さん、大変だよ！」

政次郎　「どうした」

清六　「お兄ちゃんがお化けみたいになって帰って来た」

政次郎　「お化け？　うえっっつ、なんだ、その顔！」

賢治　「ちょっと、しくじりました。漆に負けるようなことは今まで無かったんですが」

政次郎　「漆か……。お祖母さん、賢治が漆にかぶれて、真っ赤な毬《まり》のような顔になってしもうた」

語り部A　「すると、祖母・キンが奥から出てきて、『どれ、うわあ、これは酷い。木の下を通っただけじゃ、こんなにはならねぇべや』と驚きました」

政次郎　「そうじゃな。漆の木に直《じか》に上ったのか」

賢治　「まあね。今までにも上ったことはあるけど、何でもなかった。今回は〝南無阿弥陀仏〟を唱えながら塗ったから、絶対にかぶれないはずだったんだ」

政次郎　「なに、塗った？」

賢治　「いや、なに、寮祭《りょうさい》にちょっと必要だったからね」

語り部A　「すると、まじまじと賢治の顔を見ていた祖母のキンが『こんだけになったら、効くかどうかわがんねぇけんど、蟹をすり潰して塗るといいみでぇだよ』と政次郎にいいました」

政次郎　「そうか。蟹をすり潰して塗るか」

賢治　「そりゃあ、僕の不始末で蟹を犠牲にするのは可哀そうだ。温泉でお題目を唱えながら、静かに療養してれば治るよ」

語り部A　「ということで、志戸平《しどたいら》温泉に行き、学校は十二日間休んでしまいました」

語り部A　「この年、妹のトシが岩手県立花巻高等女学校に入学しました」

賢治　「お父さん、私は既に〝歎異抄《たんにしょう》〟の一頁《ページ》をもって私の全信仰と致します。念仏も熱心に唱えております。仏の御前には命をも落とすべき準備充分にできております。幽霊も恐ろしくありません。何故かと言えば、念仏者には仏様という味方が影のように添っていてくださるので、夜一人で岩手山に登ることだって、全然恐ろしいことはありません」

政次郎　「何を青くさいことを言ってんのだ。悟《さとり》ということを間違ってはなんねぇぞ。仏様の御心が本当に見えたならば、どう生きるか、しっかり見せてみなさい」

語り部A　「宮澤家ではよくこんな問答がなされました。この年は明治天皇が六一歳のご年齢で身罷《みまか》られ、元号が大正と改元されました」

語り部B　「一九一三年（大正二年）、賢治十七歳、五年生。愈々《いよいよ》中学校最後の年である。中学校を終われば家業を継がなければならない。商人に学問は要らない。学問は商売の邪魔をすることはあっても、役に立つことはない。それが商人の一般常識であった。それを思うと、賢治は憂鬱になるのであった」

語り部A　「この年、教員や寮の舎監《しゃかん》等大幅な人事異動がありました。すると、二学期に入り新舎監等を排除する運動が始まり、なんだか、学校内が荒れだしました。賢治は雄弁会に出て、〝らしく〟という題で演説しました」

賢治　「生徒は生徒らしくしなければいけないが、先生も先生らしくしなければいけない！」

語り部A　「そういった主張をし、新舎監に度々議論を吹きかけていました。夜中などは、壁をドンドン鳴らしたり、舎監の見回りを階段に戸板を立てて邪魔をしたり、五年生のストライキに発展し、結局、四年、五年生全員が退寮を命じられました。仕方なく、北山にある曹洞宗の〝清養院《せいよういん》〟に下宿することになりました。ここ〝清養院〟で賢治は禅の修行をし、青々と頭を剃って丸坊主になりました」

四

語り部Ｂ

「中学を卒業すると賢治は、家業を継ぐという暗黙の流れの中で、悶々とした日常を送っていた。そんな時、父・政次郎とは四十年にわたり親交のある法友高橋勘太郎から島地《しまじ》大等《だいとう》編著の『漢和対照妙法蓮華経《みょうほうれんげきょう》』の一冊が贈られてきた。賢治は店番をしたり、母・イチの養蚕《ようさん》の手伝いをしたり、百合根を掘ってみたり、しっくりしない日々を過ごしていたが、或る日、喉が痛くなり、頭も重く、段々家業にも身が入らなくなり、診察を受けると、肥厚《ひこう》性鼻炎ということで入院し、手術することになった。ところが、手術後次第に熱が上がり、疑似チフスの疑いがもたれ、結局、三十日以上の入院加療となってしまった。しかし、賢治はもっと入院をしていたかった。退院したくなかった。熱を測りに来る看護師に恋をしてしまったのだ」

賢治　「いざや立て！　まことの恋に！」

語り部B　「そう心の中で叫びはするのだが、今の自分には全く自信がなく、結局、告白できないまま退院した。家に帰ると、恋心は内向し、家業の質屋にも、古着屋にも嫌気がさし、友人達は進学するし、到頭《とうとう》ノイローゼ気味になってしまった」

賢治　「きみ恋ひてくもくらき日をあひつぎて道化祭の山車《だし》は行きたり」

賢治　「君がかた見んとて立ちぬこの高地雲のたちまひ雨とならしを」

賢治　「職業なきをまことかなしく墓山の麦の騒ぎをじっと聞きいたれ」

語り部B　「粘膜の赤きぼうきれのどにぶらさがれりかなしきいさかひを父とまたする」

「こうして、次第に正常でなくなり、当時投身自殺した仙台二高の藤村操《みさお》のように、華厳《けごん》の滝に飛び込む夢想まで見るようになった」

賢治　「目は紅く関節多き動物が藻のごとく群れて脳をはね歩く」

賢治　「何とてなれかの岸壁の舌のうえに立たざるなんぢ何とて立たざる」

賢治　「岩つばめむくろにつどひ啼《な》くらんか大岩壁をわが落ち行かば」

語り部A　「賢治のこういった精神状態に、兄を大好きなトシが真っ先に気づきました。この時トシは花巻高等女学校の四年生で、小学校時代からずーっと学校を代表するほど成績が良く、賢治にとっても自慢の妹でした」

トシ　「お兄ちゃん、なんじょしたの？　このところ塞ぎ込んで、お兄ちゃんらしくないようだけど……」

賢治　「なあ、トシちゃん、そのお兄ちゃんらしいてどういうこと？　お兄ちゃんがお兄ちゃんらしいって、賢治が賢治らしいってどういうことだ？」

トシ　「今までも思った通りのこと、やってきたでしょ。だから、思った通りのことをやりたいことをやる。それがお兄ちゃんでしょ」

賢治　「それがそうもいがねんから、悶々としてしまうんだよ」

トシ　「そうもいがねんって、何かが立ちはだかっているってこと？」

賢治　「んだ。営々と築かれてきた万里の長城だ」

トシ　「なんだ。立ちはだかっているものが見えでるんだ」

賢治　「見えでるさ。トシちゃんにだって、見えでるだろ」

トシ　「私だったら乗り越えるな。だって、見えでるんだもの」

賢治　「そう簡単に言うなよ。長年積み上げてきた時間の重みというものが、この背中に乗っかっているのも見えでるからね」

トシ　「兎《と》に角《かく》、私からお父さんに訊《き》いてみる。お父さんやお母さんの苦労を知っているから、お兄ちゃんからは言いづらいでしょうから」

語り部Ｂ　「父・政次郎も賢治の様子は気になっていた。賢治を進学させたらどうなるか。賢治自身のこと、家業のこと、宮澤家の将来のこと等自問自答して悩んでいたが、新しい時代に乗った良い方向に展開するに違いない、賢治の進学を許そうと考えがまとまりはじめていた。そんな矢先にトシから話があったのだ」

政次郎　「賢治、トシが心配していたが、どうした？　お前がお前らしくないというのはよろしくないと言っていたが、例の中途半端なせいか」
賢治　「そうだよ、お父さん。中途半端は辛いよ」
政次郎　「中途半端って、何が中途半端なんだ？　この前も言ったように、人生に完結はない」
賢治　「また、精神世界の議論？」
政次郎　「いや、今日はお前の話をしっかり聞こう。お前の気持ちが確たるものなら、私がお祖父さんを説得しよう。何が中途半端なんだ」
賢治　「色々あるけどね。一番の中途半端は鉱石だよ。鉱石をもっと研究したい」
政次郎　「岩石はもう置き場のないほど集めているじゃないか。あんなものを集めても飯はくえねぇべ」
賢治　「お父さん、岩石は土につながるんだよ。このところ、お米も野菜も天気に左右されて収穫が上がらない。土を変えることによって、収穫を上げられる。平均して収穫を上げられるような土壌改良の研究がしたいんだ。だから、盛岡の農林学校に行かせてほしい。お願いします！」
政次郎　「なるほど。お前がそうまで言うのなら、お前らしくやるしかないな」
賢治　「ほんと！　いいの？　商人にならなくていいんだね。僕らしく進んでいいんだね！」
政次郎　「お前がお前らしく。さて、どうなるかな」

賢治　「まあ、見ててよ」

語り部A　「それから賢治は、盛岡市北山の教浄寺というお寺に下宿し、受験勉強に打ち込みました。そして四月、盛岡高等農林学校志願者三二一名の内八九名が合格。賢治は首席で合格し、農学科第二部、後の農芸化学科にて学ぶことになりました。入学式では、賢治が総代として宣誓文を読み上げました」

五

語り部B　「一九一五年（大正四年）賢治十九歳、念願の農林学校生活が始まる。校則により一年生は全員寄宿舎に入る。土曜日になると、地図、コンパス、星座表、手帳、懐中電灯、ハンマー、それにビスケットをポケットに詰め込み、泊りがけで鉱石採集に出かけた。同室の友人を誘って行くこともあったが、一人で行くことも多かった」

語り部A　「七月十六日のことでした。鹿児島から入学していた林学科一年の知り合ったばかりの友人が北上川で溺死しました。賢治はまたも身近で突然一つの命と別れることになり、無常の風を味わいました。葬式は自啓寮《じけいりょう》で営まれました。この時賢治は心の中で〝南無妙法蓮華経〟と唱えておりました。今までは〝南無阿弥陀仏〟

でしたが、父の法友高橋勘太郎から贈られてきた島地大等の『漢和対照妙法蓮華経』を読み深く感動してから、日蓮を勉強し始めていました。これは長年親鸞の浄土真宗を受け継いできた宮澤家のしきたりに背くことであり、賢治としては苦しむことではありましたが〝法華経〟の魅力には勝てませんでした」

語り部A　「得業《とくぎょう》証書授与式、今の修業式ですが、賢治は特待生に選ばれ、授業料が免除になりました。四月には、妹・トシが東京目白の日本女子大学家政科に合格し、入学しました」

語り部B　「この頃から〝自啓寮〟の朝は、賢治の力強い読経《どきょう》の声で満たされるようになる。『ねえ、あれは、あの声はなんですか』『ああ、あれは宮澤さんが法華経をあげているんだよ』といった会話が交わされた。寮生活は、賢治にとっては自己を磨き、友人を得るまたとない機会になった。手紙のやり取りの最も多い保坂嘉内《かない》との出会いは」

賢治　「あなたはこの学校をどうして選んだの？」

語り部B　「実はトルストイを読み、百姓の仕事の崇高さを知ったからさ」

賢治　「それは凄い。トルストイに打ち込んで、この学校に進学したとは凄いことだ」

語り部A　「この保坂嘉内という人は山梨県、現在の韮崎《にらさき》市の出身で、家は地主でした。賢治が室長を務める部屋に入寮し、そんな最初の会話になったのでした。賢治ももう二十歳です。温和で、親切で、他人思いの性格に加えて、力強さも出てきます」

語り部B　「まず勉強の仕方は、筆記は略字や符号を使って書き、本を読むのも斜めに読む速さ、それに日記は毎夜短歌で書いていた。メモは歩きながらでも付け、山登りは週末に雨が降っても出かけた。また、歌もよく歌い、殊に義太夫などは祖父・喜助の影響もあり実にうまかった。芝居にも積極的であった」

語り部A　「自啓寮で寮祭があり、保坂嘉内が〈人間のもだえ〉という戯曲をかきました。この芝居で賢治はダークネスという全知全能の神を演じました。また、高橋秀松《ひでまつ》という友人とはよく山に登りました」

語り部B　「北上山地探訪は午後四時から出かけ、姫神《ひめかみ》の下辺りを通って夜道となった。山道は尽きて広い野原に出た。先にボーっと明るい一画《かく》が見え、良い香りがしてくる。花盛りの鈴蘭の群生地帯であった。二人は嬉々として花の上に寝転んで考えた」

賢治　「今夜は松の大木の下に寝るとしようか」

語り部B　「その松の大木は暗くて見つからなかった。すると、三、四反もある畑を発見した」

賢治　「しめた。畑があれば近くに人家があるはずだ」

語り部B　「と、小道を辿って谷に降りた。しかし、流れがあるばかりで人家が見当たらない」

賢治　「おかしいな。僕の山勘も当てにならないなあ。あの橋の上にでも寝ようか」

語り部B　「と、そこで寝ることにきめたところに、川上の方から一人の老人が現れ『おめえさんたち、何してる？　こんなところに寝たら狼にやられるぞ。おらのうちさお出《いで》んせ』と親切に言葉をかけてもらい、その老人について川上に出たら、大きな一軒家があった。この夜はここにお世話になった。ここでの経験が〈家長制度〉という作品になった。

語り部Ａ　「こうして、賢治はマイペースで伸び伸びと学生生活を送っていましたが、家では、七十六歳になった祖父の喜助が中風を病み、母・イチはこの喜助の世話をしながら店や養蚕の仕事と忙しく、過労のため到頭病気になってしまいました。そんな時、賢治は夏休みを利用して、東京でドイツ語を学んでくると言い出しました。家の者たちは賢治のわがまま勝手に大騒ぎになりました」

語り部Ｂ　「喜助は利かなくなった手を揺らしながら『おめぇの歳になれば、立派に跡を継いで、商売に精出していなきゃなんねぇ。それを高等学校まで出してもらいながら、東京さ行って外国語を習うと？　稼ぎもせずに何ぼ金を使えば気がすむ。それにじゃ、お前は南無阿弥陀仏を止めたそうじゃな。許されん！　どこまで勝手なやつだ』などと大変な剣幕である」

語り部Ａ　「岩田金次郎と結婚した叔母のヤスも『うちらの方でもな、賢ちゃんのこと、よく言うものはいねぇど。親泣かせのバカ息子だってな。こんな時は、お母さんを温泉にでも連れて行って、親孝行するのが本筋だろうが』などとうるさく反対しました。父親の政次郎は、賢治がどうなってゆくのか見当もつかず、最初は周りに合わせ反対しておりましたが」

賢治　「これからは何をやるにも外国のことを知らなければなりません。先進国の知恵を学ぶには、その言葉を知る必要があるんです。このままでは高等学校に行ったことが、中途半端になってしまいます。とことんやらせてください」

政次郎　「賢治、確かに何事もとことんやらなければ意味がない。だが、進む方向を間違ったら取り返しがつかん。今の時代そのものが何処へ進むか分らん状態だ。東京で変な思想にかぶれてもつまらんしな」

賢治　「兎に角、行きます。もう、申し込みました。出来れば賛成してもらいたかっただけです」

語り部B　「こんな風に賢治は自意識に目覚め、我を通すようにもなっていた」

語り部A　「四月になると賢治は三年生です。弟の清六が盛岡中学に上がってきました。好きな兄貴の傍で中学生活を送りたいと思ったのです。すると、父の弟・治三郎の長男・宮澤安太郎《やすたろう》と父の妹・ヤスの次男・岩田磯吉《いそきち》も一緒に下宿することになりました。賢治を入れて四人の生活が始まりました」

語り部B　「賢治は早速、清六、安太郎、磯吉を連れて岩手山に登った。まだ体力の出来ていない弟らに気を使いつつの登山だったせいか、道に迷ってしまった。その時の短歌が」

賢治　「あまの川ほのぼの白くわたるときすそのをよぎる四匹の幽霊」

賢治　「谷の上のはいまつばらにいこいしをひとしく四人ねむり入りしか」

語り部A　「この年の四月、父・政次郎が花巻川口町の町会議員に当選しました。しかし、九月には祖父・喜助が亡くなりました。脳溢血の後遺症で中風を病み、下根子桜《しもねこさくら》の別荘で療養中でしたが、脳溢血の再発で午前五時に死亡しました。この時は、賢治一人が傍についていて臨終を看取りました。その時の様子は」

賢治　「足音はやがて近づきちちははもはらからもみなはせ入りにけり」

　　　「夜はあけてうからつどえる町の家に入れまつるときにわかに悲し」

語り部B　「賢治の山登りは続き、鉱石も相当量集めていたが、文学の方にも力が入り始める。高等農学校の学友たちが集まって、ガリ版刷りの同人雑誌［アザリア］を発行し、賢治も短歌や短編小説を精力的に発表する」

六

語り部B　「一九一八年三月、卒業試験も終わり、その後の進路について父と相談すべく、家に帰った」

政次郎　「愈々卒業だな。おめでとう。どうだ、満願成就《まんがんじょうじゅ》かな」

賢治　「ええ、まあ。高等学校については中途半端ではありません」

政次郎　「そうか、それはなによりだ。で、卒業後はどうする？」

賢治　「手紙で書いた通り、関豊太郎《せきとよたろう》教授から、稗貫郡の土性《どせい》調査の為に研究生として残るように誘われています。しかし、教授に誘われる前から、実業家として早く一本立ちしたいという思いも強くあります」

政次郎　「お前もそろそろ私がお母さんと結婚した歳になる。一本立ちは結構なことだ。だがな、お前の言う木材を乾溜《かんりゅう》し、油を取り、その油から薬を抽出するという考え、大そうな資金も必要だし、具体性に欠け、とても手の出せるものではない。第一お前は徴兵検査の手続きを催促している。考えに矛盾がある。私は教授のお話を受け、徴兵検査はなるべく先延ばしにすべきだと思う」

賢治　「先延ばしにしても、逃げることは出来ません。むしろ、報恩に叶うために進んで受けたいと思います」

政次郎　「人の役に立つということは、死に急ぐということではない。今お前は関教授に必要とされている。我が家も長男のお前を必要としている。また、高等農林学校に進んだ意味も忘れてはならない。報恩とはまず身近に必要としている者に報いることではないか」

賢治　「ええ、その通りです。しかしそれは、一人は全体のために、全体は一人のために、という宇宙的思想に欠けています。これが御仏の御心です」

語り部A　「この頃から、賢治と父・政次郎の会話は宗教論争に発展することが多くなりました。この時は、政次郎に説得され、学校に研究生として残ることになり、徴兵検査の方は結局賢治の言い分を聞き、手続きをとったのでした」

語り部B　「賢治の卒業論文は〝腐食質中の無機成分の植物に対する価値〟というもので、関教授が賢治に土性調査の研究員として残ってほしいと願ったほどの優れた内容だった。ところが、卒業にあたって思わぬ一問着が起こった。友人の保坂嘉内が除籍処分にあったのである。このことを知った賢治は、校長や関教授に真意を質《ただ》しに行った。すると、賢治たちが発行しているガリ版刷りの同人雑誌［アザリア］に発表した保坂の文章に思想的問題がある、ということであった」

妹・シゲ　「お帰り、お兄ちゃん。どうしたの？　そんなおっかない顔をして」

賢治　「どうもこうもないさ！　お父さんいる？」

シゲ　「お父さん、お兄ちゃんが帰って来たよ。なんか変」

政次郎　「どうした？　急に帰ってきたりして、何があった？」

賢治　「僕は学校を辞める！　研究生になんかなる気になれない。あんな学校、あんな教授たち、とんでもない学校だ！　ゆるせない！」

政次郎　「どうしたというんだ。何があったか、ちゃんと説明しなさい」

賢治　「親友の保坂嘉内さんが除籍されたんだ」

政次郎　「除籍？　何か理由があるんだろう？」

賢治　「［アザリア］という僕たちのやっている同人誌に、保坂さんは自分の考えを書いたんだ。それが、虚無思想だから退学だというんですよ。確かに彼はニヒリズムのことを書いているけど、だからといって、一方的過ぎますよ」

政次郎　「親友かもしれないが、その彼の退学処分とお前とはどんな関係がある?」

賢治　「親友でもあり、法友でもあります。如何に思想を構築するか、お互いに研鑽《けんさん》し合う中です」

政次郎　「その彼を思い、彼と心中することが、お前のいつも口にする報恩というものなのか」

賢治　「彼がニヒリストなら、僕もニヒリストかもしれない。いや、そもそもニヒリズムの何たるかを知らぬ教授たちが、勝手に危険思想だと怖がって、その犠牲になるなんて許せないでしょう」

政次郎　「許すとか許せないとか、お前はどんな立場で言っているのだ。傲慢過ぎはしないか」

賢治　「傲慢《ごうまん》?」

政次郎　「そうだ。彼のことは彼が受け止め、彼が超えてゆかなければ意味がない。お前がそうやってお節介することは、どれだけ彼の負担になることか。そんな重荷を彼に背負わせていいのか」

語り部B　「賢治は再び父に説得され、このことを帰省中の保坂に報《しら》せたり、教授らに取り消すよう頼んで廻ったが、体制側の壁は厚かった。賢治の報せで初めて知った保坂も驚いて、父親と共に出てきて学校側に談判したが、結局何も変えることは出来なかった」

賢治　「お別れだね。僕は卒業し、あなたはこのようなことになり、申し訳ない。まずは無上の法を得るため、この島地大等さんの〝妙法蓮華経〟本を進呈する。一切衆《いっさいしゅ》生《じょう》の帰趣《きしゅ》であることを幾分なりとも信じて、どうか、本気で読んでほしい」

語り部A　「それからも保坂嘉内とは文通を続け、お互いを励まし合いました。賢治は学校に戻り、研究生として地質、土壌、肥料などの研究活動を始めました。徴兵検査の方は第二乙種となり、兵隊としては認められませんでした」

語り部B　「しかし、賢治は大変ハードな土性調査を懸命になってこなした。山を登り川をくだり、崖をよじ登り、雪の残っている場所での作業や突然の大雨や、自然の厳しさを身をもって体験した。その仕事ぶりが認められたのか、実験助手の辞令が出た。給料もぐんと良くなった」

賢治　「保坂さん、私はもしお金を儲けたとしても、美味いものは食いません。立派な家にも住みません。妻《めと》も娶りません。南無妙法蓮華経は空間に充満する白光の星雲であります」

語り部A　「こんな風で、上がった給料も他にもっと有効に使ってくださいと辞退し、不足分を父に頼る始末です。一人前になったはずの賢治が、いつまでもこうなので、父・政次郎にとってこの頃の教育費は並大抵のものではありませんでした。東京で寮生活をしている日本女子大生のトシ、花巻高等女学校補習科のシゲ、盛岡中二年生で下宿をしている清六、そして花巻小学生のクニと続きますが、何より賢治の書籍購入費が膨大なものでした。丸善から洋書を取り寄せたり、古書店を廻ってこれと思ったものは悉く手に入れ、その費用は全て父に廻していました。あまりにも〝鉱物学〟〝岩石学〟〝無機化学〟等の専門誌を次々と買うので、本当に読んでいるのか、父はいぶかしく思うことがありました」

政次郎　「次々と専門書を買っているが、本当に読んでるのか？」

賢治　「読んでるよ」

政次郎　「この前買ってからまだ一週間しか経っていないじゃないか」

賢治　「ちゃんと読んでるよ」

政次郎　「いい加減なことを言うな」

賢治　「それなら試してみてください。これらの本のどこを開いて訊いてくれても構いません」

政次郎　「積んで眺めているだけとしか思えん」

賢治　「お父さん、素早く読んで頭に入れる。これが勉強の極意です」

政次郎　「読まない本ほど無駄なものはないからね。いいね」

賢治　「必ず近いうちに役に立ちます。特に農業の土壌改良は見えてきました。いい結果を出して、多くの人に喜んでもらう日も間もなくです」

政次郎　「もっともらしいことを言うもんだ」

語り部B　「親友・保坂嘉内の母親が亡くなる。賢治は自分の事のように悲しみ、南無妙法蓮華経のお題目を二八回楷書で書いて送り、心から悼んだ」

賢治　「私の母は二〇歳の時に私を持ちました。何から何までよく私を育ててくれました。

語り部A　私の母は東京から向こうには出たこともなく、中風の祖母を三年も世話をしてくれ、同じ病気の祖父も面倒を見てくれました。そして自分自身は肺を痛めているのです。私は自分で稼いだお金でこの母親にお伊勢参りをさせたいと、永い間思っておりました。けれども私は片意地な子供ですから、何にでも逆らってばかりいます。結局何もしてあげていません。早く自らの出離《しゅつり》の道を明らかにして、人をも導き、自ら神力をも具《そな》え、人をも法楽に入らしめる。それより外に私には母に対する道がありません。ですから親不孝なことですが、私は妻をもらって母を安心させ、又母の苦労を軽くするということをいたしません」

「賢治は自分が親不孝息子であることを充分承知していました。しかし、その母親から常に言われていた『人は人のために生まれてきたのだから、人のために生きなければなりません』という教えが心に住みついており、大乗仏教の自利利他の原理〝一人は全体のために存在し、全体は一人のためにある〟という精神を実践しようとしておりました。そんな中、賢治はまた迷い始めます」

賢治　「お父さん、八月は紫波《しわ》郡の地質調査、山地森林の立地調査、九月、一〇月は稗貫郡の地質調査、その他は全て化学実験室の手伝い、これでは本も読めず、研究も出来ず、このままでは将来何をやっていいか見当もつきません。どうもこの仕事は疑問です。何もならないような気がします。将来のことを考えれば、あちこちの工場見学もしたいし、もっと実業につながる日々を送りたいです」

政次郎　「研究には忍耐というものが肝要だ。そんなことぐらい最初からわかっていたはずだ。いいか、随処みな忍辱《にんにく》の道場なり！」

賢治　「ただ耐えられないと云っているのではありません。ここを出てからの自分の職業のことを思って、考えているのです」

政次郎　「何をしたいというのだ。お父さんもお前が望むなら、いずれ古着、質の商売をやめ、近代的な新しい事業に切り替えてもいいと思っている。しかし、ここはお前の力量が重要になってくる。何かやりたいことはあるのか」

賢治　「工業原料の売買などは如何《いかが》ですか。例えば、耐火粘土などは志戸平付近から台に至る方面に多く分布していますし、また、新堀《にいぼり》村葛坂《くずさか》付近には美しい青色の雲母を含む粘土もあり、壁土などにも有効と思われます。あるいは大理石、あるいは石絨《せきじゅう》等花巻で売買しても充分に商売になると思います」

政次郎　「なるほど。しかし、お前がそれをやれるのか」

賢治　「いえ、自分は商売はダメです。取引が下手だから失敗してしまうと思います。誰か親戚と合名会社をつくり、私はその技術員として使ってもらえば十分に働きます」

政次郎　「そういうことか。考えておこう。しかし、まず、勤めをしっかり果たすことだ」

語り部B　「そう父に言い含められ、土性調査など与えられた仕事は十二分に成果を出していたが、六月終り頃に胃の周りが痛くなり、肋膜《ろくまく》を心配して、岩手病院の診察を受けた。すると、案《あん》の定《じょう》肋膜炎と診断され、山歩きなど止めるように言われた。母・イチ、妹・トシ、それに療養中の母の妹・コト、更に最近いとこの岩田磯吉もこの病と診断されており、賢治の落ち込みは大きかった」

政次郎　「体がおかしくなっては元も子もない。私からも手紙を出しておくから、帰って来なさい」

語り部B　「思わぬことで家に帰ることになった賢治は、かなりしょげており」

賢治　「私の命もあと一五年はあるまい。淋しい」

語り部B　「と、駅まで見送りに来た友人たちに、限りなく淋しい言葉を残し、汽車に乗った」

賢治　「保坂さん、私は先日肋膜と診断され、山歩きもよくないと医者に止められました。これから先、何の仕事も持てそうにありません。これはこれで苦しいことです。私は何にも出来ないのです。畑を掘っても二坪も掘ればもう休まずにはいられません。少し重いものを取り扱えば、脳貧血を起してしまいます。それでもやっぱり働きたくて仕方がないのです。毎日八時間も一〇時間も勉強はしていますが、何だかこの頃空虚に感じます。もしこの勉強がいつまでも続けられるのなら、こうは感じますまい」

語り部A　「賢治は、自分の命は余り長くはなさそうだ、と感じたようですが、一月程しますと回復し、また土性調査に復帰しました。妹・トシも同じころ体調を崩しておりましたが、事なきを得たようです」

トシ　「お父様、お店や養蚕や夏期講習会の準備など、お忙しいことと思います。ご心配をかけましたが、私は体操、散歩など体力の回復につとめ、幸い、授業も欠席せずにすみました」

語り部A　「という朗報が届きました。父・政次郎も体調を悪くしていたので、家の中は湿りがちでしたが、賢治、トシの復活でいくらか家の空気もほっとしたものになりました」

賢治　「保坂さん、私は今稗貫郡大迫町《おおはさままち》の旅館にいます。権現堂山を越え、その東の廻館《まつだち》山《やま》を巡り、亀ケ森村八幡館に出て、ここ大迫に着きました。約束の調査も間もなく終わりになります。この町には、私の母が私の嫁にと心組んでいた女の子の家があるそうです。どの家がそれか知りません。また知ろうともしません。今もしこの人の家を探し訪ねて歩くとしたら、それは恋する心でしょう。その心を私は呪いません。けれども私には役目があります。摂受《しょうじゅ》を行ずるときならば、私は恋してもよいかもしれません。けれども今はよくないのです。今の私は摂受を行ずる事ができないのです」

語り部B　「賢治も人の子、女性への思いや憧れは連綿と心の内に流れていたと思われる。しかし、迷いの元として、きつく自分を戒めた。八月、夏休みになると、妹・シゲやクニ、弟の清六等を集めて、初めて書いた自作の童話〈蜘蛛となめくじと狸〉や〈双子の星〉を読んで聞かせた」

賢治　「保坂さん、私は親の希望する職業について、親孝行をするつもりになりました。でも、絶対に係累《けいるい》はつくりません。さて、昨日で私の地質調査は完成しました。後は一週間程学校に行けば全て終わりです。ところで保坂さん、あなたは自分が落ちぶれたといいますが、落ちぶれないというのも大したことではないではありませんか。暖かく腹が満ちていたのでは、私など良いことを考えません。しかも今は父のお蔭で暖かく不足なく暮らしていますから、実にずるいことばかり考えます。そんな私の世界には、黒い河が流れ、沢山の死人と青い生きた人とが流れを下ってゆきます。青い人は長い手を出して烈しくもがき流れてゆきます。青い人は長い長い手を伸ばし前に流れる人の足をつかみます。また、髪の毛をつかみ、その人を溺れさせて、自分は前に進みます。流れる人が私かどうかはわかりませんが、とにかくその通りに感じます」

トシ　「兄上様、体調もすっかり回復され、何よりのことと存じます。私も学校が休校になるほどのスペイン風邪の流行でご心配をおかけしましたが、今は通常の活動をして日々を過ごしております。さて、一生の仕事を選ぶ事については、生活と職業との一致の外に望ましき生活法は考えられません。個人それぞれも家業そのものも、その天職を見出してそれを遂げることがもっともよいことだと思います。従いまして、兄上様もご自身の天職と家の方針とが一致することが何よりも望ましいことと存じます。このことは、これからの婦人自身にも覚悟を要することと思います。今までのように、心進まぬのに衣食の安全を求め、寄生するような婦人であってはいけないと思います。勿論、家政や家庭教育や育児等も立派な働きの分担であるとは思います。それを踏まえて、婦女子の持ち得る能力を発揮してゆければと思うのです」

賢治　「保坂さん、私のうちでは今の商売を大正九年まで、つまりあと二年続けていればそれからあとは学費もあまり要らないし、学校を出たものは皆働くし、まず父が今のように病気がちでも何とかできるのです。今私が望むように東京へでも小工場を持つということは、家としては非常に損なことですし、また当分は不可能なことです。今や私は学校を中途でやめ、分析も自分の分を終わらず、先生にはついても歩けず、古着の中に座り、朝から晩まで本をつかんでいるか、利子や儲け歩合の勘定をしています。けれどももしできるならば、人を相手にしないで、自分が相手の仕事に早く入りたいと思っています」

語り部A　「日本女子大のトシが寄宿している責善寮の寮監、西洞《さいどう》タミノから、トシが十二月二十日に入院したとの報せがありました。賢治と母・イチはその夜の内に東京に向かい、看病にあたりました。熱が中々下がらず、悪性のインフルエンザという診断でした」

トシ　「お母さん、賢兄ちゃん、ごめんなさい。忙しいのに、大事な時間なのに……」

母・イチ　「何を他人行儀な、何にも心配しないで、しっかり治しましょう」

賢治　「安心したよ、肋膜とか結核とかじゃなくって」
母・イチ　「そうね。熱さえ下がれば、治る病気だそうだから」
トシ　「最後の三学期だから、治らなければ、卒業できなくなっちゃう」
母・イチ　「大丈夫よ。一日も早く治るようお祈りしましょう」
語り部A　母はそう言って、しまったという顔をしました。このところ賢治と夫・政次郎との間で宗教論争が激しくなり、トシもその渦中にあったのです」
語り部B　「賢治は看病の合間に時間をつくり、事業の段取りに動き廻った。水晶堂や金石舎に岩手県産の蛋白石《たんぱくせき》、瑪瑙《めのう》等を売り込んだ」
語り部A　「トシの熱は中々下がりませんが、粥なども食べるようになり、旧正月も迫っていたので、母だけ一先《ひとま》ず帰ることにしました。上野駅まで送った賢治が、土産を買うため母から離れた隙に、置き引きにあってしまい、とても悔しがりましたが、仕方がありません。賢治の買ってきた手土産一つもって汽車に乗りました」
語り部B　「看病は賢治一人になったが、検温、食事、薬、下の世話まで、一切手を抜くことなくこなし、その上で事業についての下調べや図書館通い、更には日蓮宗の国柱《こくちゅう》会館に行って、田中智學《ちがく》の講演を聞いたり、実に無駄なく、忙しく飛び廻った」
トシ　「お兄ちゃん、私お兄ちゃんの言うこと、凄く良く判る。親鸞は信じれば救われるという完全な他力本願、それにお坊さんでもなければ、普通のひとでもないと言って、結婚をして沢山の子供を持った。お兄ちゃんは、結婚し子供ができれば、家庭が一番大切なものになる。それでは自分を棄て、人に尽くすことはできない。すべてが幸せにならなければ、自分の幸せはない、そういうことよね」

賢治　「法華信者だって、結婚もしていれば、家族もある。生身の人間に理想の実現は難しい。でも、人を救うことで自分が救われる。法華経が唯一無二のお釈迦様の教えである、ということを知ってもらうために尽くす。尽くしきる。そんな生き方を理解してもらえるのはうれしい。実に嬉しいよ、トシちゃん」

トシ　「私も婦人はどう生きるべきか、一生のテーマにし、強く正しく生きたいと思っているの」

賢治　「人生なんて瞬間だからね。意味のある生き方をしなきゃね」

語り部B　「賢治は本気で法華経を布教したいと思っていた。というより、鉱石の話をしていても、星の話をしていても、土の話をしていても、結局仏法の話になってしまうのである。永遠とか宇宙の話にまでなってしまうのである。もっとも、そこに法華経の魅力があり、それこそが正しい道だと思っていた。従って、なんとしてもそのことを分かってもらいたい相手は、父であった。しかし、父の浄土真宗の信者としての意志とその貢献度は高い。そのためには、まず事業で自立し、父に認めてもらうことだ」

賢治　「お父さん、私はトシの看病をする合間に、事業について色々と調べましたが、今こそがチャンスです。このまま東京に残り、事業を展開したいと思います。鉱物合成の宝石製造をメインに、模造真珠の製造、飾り石の研磨等、場所も狭く、資金も少なくて済みます」

政次郎　「なるほど。面白い、と言えば面白い。しかし、それはお前にしかできないことで、力を合わせることができない。質や古物商売はみんなが力を合わせることが出来、お前たちを学校にやることもできた。一人でコツコツという考えは、失敗を前提にしているようなものだ」

賢治　「私は自分の今まで培った自分の力を試してみたいのです。当面一五〇円もあれば起業できます。一つ、しくじらせるつもりでやらせてください」

政次郎　「すぐ、帰ってきなさい！」

賢治　「トシちゃんはまだ介護が必要です。ベッドから降りたこともないのです！」

語り部B　「しかし、トシの病状もかなり良くなり、退院も間もなくの或る暖かい、いわゆる小春日和、賢治は盛岡中学の同級生、今は東京帝国大学英文科の学生、阿部孝《たかし》の下宿を訪ねました。そこで彼の本棚にあった、萩原朔太郎の詩集『月に吠える』を目にし……」

賢治　「なんとも、まあ、不思議な魅力のある詩だなあ」

語り部B　「そう言って、何か深く感じるものがあったようだ」

語り部A　「三月三日、ひな祭りを選んで、トシは退院することになりました。母・イチと叔母・岩田ヤスが上京し、トシと賢治を連れて帰りました」

賢治　「お父さん、私は調べに調べ、これこそが自分の力で出来る唯一の事業で、絶好のチャンスだと判断したんです。それを何故簡単に否定されるのですか！」

政次郎　「事業はお前一人では無理だからだ。お前は科学的計算は達者だ。宝石も真珠も造りだせるだろう。だが、そこまでだ。お金を使うのは得意だが、稼ぐのは不得手《ふえて》だ」

賢治　「そこまで言われたら、もう私には何もできません」

政次郎　「私の傍でやってみろ。この前買った隣の家をお前に使わすから、そこでやってみろ」

賢治　「こんな田舎で宝石なんか売れないよ。そうだ！　便利瓦なら売れる。よし、便利瓦を売る」

政次郎　「どんなもんか知らんが、責任を持ってやりなさい。当面の資金は出す。後はお前の力量だ。実業の腕を見せてみなさい」

語り部Ｂ　「便利瓦というのは、布地にアスファルトを加工した防水材料で、瓦の下地に使うルーフィングの類である。これを東京から仕入れ、販売した。当初は珍しく、また漏るようなことがあったら弁償するという売り込みだったから、それなりに売れた。賢治はその儲けをレコードや浮世絵に使った。いずれも趣味の領域を超え、浮世絵は数百枚、レコードも群を抜くコレクターであった。いや、コレクターというより、一枚一枚を解説できる専門家と言えるほどであった」

語り部Ａ　「或るレコード販売店のレコード売り上げがかなりの数字を上げていたので、製造元がこのレコード店を表彰し、その訳を聞いたところ、全部一人のひとの注文であることが分かり、大変驚きました。その人が賢治だったのです」

賢治　「トシ、おめでとう。よかったね」

トシ　「ありがとう。私、絶対いい先生になる。慕われる信頼される先生になる」

賢治　「強く、正しい道、でも無理は禁物だ。やっと回復した弱い体なんだから」

トシ　「思いと仕事が一致するって、幸せなことだわ。お兄さんはこの頃辛そうね」

賢治　「ああ、憂鬱だ。お父さんには小言ばかり言われるし、積みあがった質草を見るだけで、うんざりするし、便利瓦はもう売れないし、また、中途半端になってしまった」

トシ　「自分がいま本当に打ち込みたいと思うものを見詰めてみたら？　お父さんに左右されないで」

語り部Ａ　「トシは九月二十四日付で母校・花巻高等女学校の教諭心得となり、英語と家事を担当することになりました。一方、賢治は盛岡高等農林学校研究生を終了し、関教授から、助教授への推薦を受けたのですが、政次郎は賢治と何か新しい事業を展開したいと考えていたので、これを断ったのでした」

賢治　「保坂さん、私はこの頃憤ってばかりいます。何も癪に障ることはないのですが、ぼんやりした人の顔を見ると、ええい、ぐずぐずするない！　と怒りがこみ上げてきます。机に座っていても突然そこらを殴りつけたくなります。私は狂人にでもなりそうなこの発作を、南無妙法蓮華経とお題目を唱え、抑えています」

語り部Ｂ　「賢治はついに決心する。日蓮を信じ、法華経に身を捧げることに全てをかけよう

賢治　と日蓮宗の国柱会に入会したのだ」

語り部B　「保坂さん、私は改めてたてたこの願を、九識心王大菩薩《くしきしんのうだいぼさつ》即ち世界唯一の大導師日蓮大上人に捧げ、大上人の御命に従って日々を過ごし、決して背くことありませんと祈っております。この喜び、心の安らかさは申しようもありません」

「十月十三日、この日は日蓮宗祖が六十一年の生涯を閉じた日である。賢治は意を決して、月が沈んでから夜が明けるまで、花巻町内を団扇太鼓《うちわ》を叩き、南無妙法蓮華経と大声を出して唱え続け、歩き回った。特に親戚の家の前では立ち止まって、唱題を続けた」

政次郎　「賢治、お前は何を考えているのだ。農林学校を出ながら何のざまだ！　何か考えろ。レコードや錦絵にうつつを抜かしていると思ったら、今度は夜中に町中を騒がし歩いて、人の迷惑も考えろ！　みんなのためになることをしろ！」

賢治　「私は国柱会に入会しました。もはや私の身命は日蓮上人のものです。そして、国柱会の創始者、田中智学先生のご命令の中にだけあるのです」

政次郎　「なんと、たわけたことを……」

語り部A　「賢治は、二階の自分が使っている部屋に仏壇を置きました。下の親たちの部屋には真宗の立派な仏壇があり、下と上では別な念仏が唱えられることになりました。更に賢治は、人を集めて輪読会を開き、法華経を読み、日蓮上人のご遺文を輪読しました。その中には、親戚の関徳弥《せきとくや》や近所の由良《ゆら》キミもいました。関徳弥は賢治に勧められ国柱会に入り、賢治と同様修行に打ち込んでいました。由良キミは母親に止められ、途中から外れました。キミの母は『宮澤ではあんなに父と子が争って、その間に立って、おイチさんがどんなに心を痛めているか、お前も分かっているだろう。もう行くな。おイチさんに悪くて、申し訳が立たん』と賢治の母親に気を使うのでした」

語り部B　「賢治は、丸刈り頭で、木綿縞の筒袖に羽織をはおり、草履履きで雪の中を寒行して歩いた。特に親戚の家の前では一段と声を張り上げ、太鼓を打ち鳴らし、時間をかけて唱題していた。こうして唱題行に出る時は必ず水垢離《みずごり》をしていた」

七

賢治　「関さん、私は出ます。何としても出るより仕方がない。今だ！　今夜だ！」

語り部B　「賢治は、丁寧に手を洗うと、ご本尊を箱に納め、汽車に飛び乗った。まるで、何かに導かれるように、国柱会に向かった。家出であった。夜行列車は翌日八時半に上野に着き、賢治はその足で国柱会館に向かった。高知尾《たかちお》智耀《ちよう》という人が受付にいた」

賢治　「私は父の改宗を勧めておりますが、なかなか了解してくれません。これは私の修養が足りないためだと思います。ここで修養を積み、その上で父の入信を得たいと考えました。どうか、ここに置いてください。掃除でも何でも致します」

語り部B　「高知尾智耀は賢治が家出をしてきたことを知り、出直すように勧めた。仕方なく賢治は住むところと職を探すことにした。そして、三畳一間とガリ版切りの仕事を見つけた。その上で、一緒に国柱会の会員になった関徳弥に手紙を書いた」

賢治　「さあ、ここでやるぞ、種をまくぞ！」

政次郎　「賢治、関さんに聞いた。しかし、お前のやってることは決して正しくない。親に心配をかけて何が修養だ。お母さんを悲しませて、病気にでもなったらどうするんだ」

イチ　「賢さん、あなたが間違ったことをするとは思えない。でもね、家出はいけません。黙って家を出るなんて、こんな理不尽なことはしてほしくなかった」

賢治　「お母さん、すみません。確かに黙って家を出たけど、身を隠すつもりではありません。関徳弥さんに連絡したのがその証拠です。兎に角一人でやってみたいのです。もし、いま居るところを移るような時は必ず連絡します。心配しないで、やらしてみてください」

語り部B　「賢治は、国柱会会員の布教活動に参加したり、毎夜開かれる講話を聴きに通ったり、会合の世話をしたり、街頭講話の旗持ちをしたり、修養と思われることは何でもやった。すると、高知尾智耀は賢治に『日蓮信仰の本当の在り方は、算盤を取る者は算盤の上に、鋤鍬を取るものは鋤鍬の上に、ペンを執るものはペンの先に、信仰の生きた働きが現われなければならない。貴方は詩歌文学を得意とされるそうだから、その詩歌文学の上に純粋の信仰がにじみ出るようでなければならないでしょう』と言われ、それから猛烈に原稿を書き始めた。毎夜何十枚というほど、書きに書いた」

シゲ　「お父さん、お兄ちゃんが心配じゃないの？　怒っている場合じゃないと思うけど」

政次郎　「シゲ、馬鹿言うな。お前たちはきちんと一人前になったが、賢治だけは安心したことがない。だがな、小切手を送っても送り返してくる。意地を張って、体を壊さなければいいのだが……」

イチ　「私、東京に行ってきましょうか。あの子、何を食べているか、どんな生活をしているか、頑張りすぎて、また、肋膜にでもなったら、それこそ、取り返しがつかない」

政次郎　「わしに考えがある。わしが東京に行く」

語り部A　「親やきょうだいが心配するように、賢治はジャガイモを主食に、菜食を貫き、親から送られてくる小切手を何度も送り返し、赤貧も修養の一つと思っていました。四月になり、父・政次郎が訪ねてきました。その夜、二人は三畳間に枕を並べて寝ました」

政次郎　「東京は来るたびに変化しているな」

賢治　「人も増えていて、どんどん膨らんでいますね」
政次郎　「なあ、賢治、一緒に旅行をしてみないか？」
賢治　「旅行？」
政次郎　「ああ、宗祖の遠忌法会《えんきほうえ》が行われるだろう。まず、お伊勢参りをして、それから比叡山の伝教大師一一〇〇年遠忌、その後大阪に行って、聖徳太子一三〇〇年遠忌と、どうだ、廻ってみないか」
賢治　「それはありがたいことです。お供します。ただ、一言いいですか？」
政次郎　「なんだ？」
賢治　「遠忌《えんき》というのは浄土真宗だけですよ。一般的にはおんきと言ってます」
政次郎　「そうか。まあ、どうであれ、おおもとはお釈迦様の教えだ」
賢治　「ええ、だからこそ、真理は一つでなければなりません」
政次郎　「賢治、今夜はもう寝よう。そして、旅行を楽しもう」
語り部A　「ということで、二人は名古屋、京都、大阪、奈良と巡り、六日間の親子旅は終わりました。賢治はこの旅で父と言い争うこともなく、短歌を四〇首以上詠じました」
政次郎　「賢治、雨続きだったけど、ま、いい旅だったな」
賢治　「ええ、ありがとうございました。いい旅でした」
政次郎　「家族みんな心配している。この旅を無駄にしないようよく考えて、一日も早く帰ってくるよう、いいね」

語り部A 「賢治は丁寧に頭を下げて、上野駅に父を見送りました。それから四か月程した夏の或る日、妹・トシの発病を報せる電報が届きました。賢治は驚き、慌てて帰る支度をしました。原稿が山ほどあるので、それを詰める大きなトランクを買いました。花巻駅には盛岡中学五年の弟・清六が迎えに来ておりました」

清六 「兄さん、お帰り。うわあ！ 何、その大きなトランク？」

賢治 「ほっ、ほっ、ほっ、私の書いた原稿だ。子供をつくる代わりに書いた私の子供だ」

清六 「うわあ、重い！ 子供か」

賢治 「で、トシちゃん、どうなんだ？」

清六 「なんか、学校で無理をしたみたい。お姉ちゃんも頑張り屋だから」

賢治 「やりたいことがいっぱいあるだろうからなあ」

語り部A 「妹・トシは日本女子大時代の病気が尾を引き、いつも体調が優れず、何となく病気がちでありましたが、教諭職に燃えており、宣教師に英語を習いに行ったり、母校日本女子大に教師の斡旋《あっせん》を頼みに上京したり、休む暇なく動き廻り、花巻高等女学校創立十周年記念の写真を撮るときに、倒れてしまいました。六月ごろから床についていたのですが、八月結核と診断され、驚いて賢治に報せたのでした」

語り部B 「賢治は東京のときと同じようにトシを慰め、看病した。付き添いの細川キヨや看護師なども感心する程であった。賢治は喀血《かっけつ》した妹をみて、最後を看取るまで付き添うことを決意し、東京に帰ることを諦めた。丁度そんなとき、稗貫郡から賢治を農学校の教諭にほしいという誘いがあった。父も母も、きょうだい達も大賛成で、賢治も快く引き受けた」

トシ　「お兄ちゃん、よかったね。私もやりたいこと色々あるけど、口惜しい。その分、お兄ちゃんに預けるわ」

賢治　「預かりましょう。治ったら、利息を付けてお返ししますよ。ほっ、ほっ、ほっ」

シゲ　「私も預かるわ。ごめんね。お姉ちゃんより先にお嫁に行くことになっちゃったけど、お姉ちゃんの分も取り敢えず預かるわ。元気になったら、いっぱい幸せという利息をつけて、お返しするからね」

トシ　「急だったわね。本当に幸せになってね」

清六　「ヤス叔母さんも言ってたけど、結婚式だけ挙げて、あとは今まで通りここに戻ってきていいそうだよ」

語り部A　「シゲは実に近い親戚と結婚することになりました。父・政次郎の妹・ヤスの子、豊蔵がその相手です。ヤスの夫、岩田金次郎が長年カリエスを病んでいて、長男が身を固めるのを早く見たいというので、式だけ挙げて、実家に戻すというのです。実際に、シゲはトシの周りにいる付き添いの人や看護師、それに賢治などの食事の世話をしていたので、シゲがいなければ困る状態でした。そして、その年、一九二二年十一月二十七日午後八時三十分、トシはこの世を去ったのです。その日は朝からみぞれが降って、とても寒い日でした。付き添いの細川キヨは部屋を温めようと炭を真っ赤に起した火鉢をトシの近くに持ってゆきました。その時、トシの様子がおかしいのに気づき、看護師を呼びました。看護師が蚊帳の中に入り、脈を計りました。はっとして『先生を呼んでください！』と細川キヨに言いました。キヨはまず二階にいる賢治を呼びました。賢治は飛ぶように階段を下りてきました」

賢治　「トシちゃん、しっかりするんだよ。先生がすぐ来るからね」

語り部B　「賢治は医者に連絡し、細川キヨに家族を集めるよう指示した。飛んできた医者は診察したあと、賢治に『いけません』と首をふった。父、母、きょうだい、ヤスなどが集まり、固唾《かたず》をのんで見守った。トシは最後の力を振り絞るように、か細い声で一人一人に話かけた」

トシ　「お兄ちゃん、喉が渇いた」

賢治　「おう、そうか。ひやっけぇのがいいか？」

トシ　「うん、真っ白い雪がいい」

賢治　「よし、わかった」

語り部B　「賢治は急いで外に飛び出すと、お椀に雪を掬って持ってきた」

トシ　「お兄ちゃん、冷やっこくて、おいしい。ありがとう」

母・イチ　「元気になって、お前もお嫁にいくんだからね。しっかりおしよ」

トシ　「うん。お母さん、ありがとう」

政次郎　「また、学校に戻るんだろう。元気になろう、な」
トシ　「お父さん、ありがとう。ごめんね」
シゲ　「お姉ちゃん、いやだよ、いやだよ」
トシ　「シゲちゃん、幸せにね。あああ、風が吹き出した。耳が鳴る。ゴウと鳴る。森の中、風が吹く。雪が飛ぶ……」
賢治　「南無妙法蓮華経、なむみょうほうれんげきょう、ナムミョウホウレンゲキョウ」
語り部A　「トシの目は空を泳いでいましたが、賢治の唱題に二度頷いて、息を引き取りました。享年二十四でした。葬式は浄土真宗の安浄寺で行われました。賢治は宗旨が違うため参列しませんでした。柩が火葬場に向かう途中、街角から現れて、南無妙法蓮華経と唱えながら棺を担ぎました。遺骨も小さな缶に分けて持ち帰り、自分の仏壇に納めました。賢治はこのトシとの別れを〈永訣の朝〉と題して、詩にしました」

賢治　「けふのうちに
とほくへいつてしまふわたくしのいもうとよ
みぞれがふつておもてはへんにあかるいのだ
〈あめゆじゆとてちてけんじや〉
うすあかくいつそう陰惨な雲から

みぞれはびちよびちよふつてくる
　〈あめゆじゆとてちてけんじや〉
青い蓴菜《じゆんさい》のもやうのついた
これらふたつのかけた陶椀に
おまへがたべるあめゆきをとらうとして
わたくしはまがつたてつぱうだまのやうに
このくらいみぞれのなかに飛びだした
　〈あめゆじゆとてちてけんじや〉
蒼鉛いろの暗い雲から
みぞれはびちよびちよ沈んでくる
ああとし子
しぬといふいまごろになつて
わたくしをいつしやうあかるくするために
こんなさつぱりした雪のひとわんを
おまへはわたくしにたのんだのだ
ありがたうわたくしのけなげないもうとよ
わたくしもまつすぐにすすんでいくから
　〈あめゆじゆとてちてけんじや〉

はげしいはげしい熱やあへぎのあひだから
おまえはわたくしにたのんだのだ
　銀河や太陽　気圏などとよばれたせかいの
そらからおちた雪のさいごのひとわんを……
……ふたきれのみかげせきざいに
みぞれはさびしくたまつてゐる
わたくしはそのうへにあぶなくたち
雪と水とのまつしろな二相系をたもち
すきとほるつめたい雫にみちた
このつややかな松のえだから
わたくしのやさしいいもうとの
さいごのたべものをもらつていかう
わたしたちがいつしよにそだつてきたあひだ
みなれたちやわんのこの藍のもやうにも
もうけふおまへはわかれてしまふ
(Ora orade shitori egumo)
ほんたうにけふおまへはわかれてしまふ
あああのとざされた病室の

くらいびやうぶやかやのなかに
やさしくあをじろく燃えてゐる
わたくしのけなげないもうとよ
この雪はどこをえらばうにも
あんまりどこもまつしろなのだ
あんなおそろしいみだれたそらから
このうつくしい雪がきたのだ
　（うまれでくるたて
　　こんどはこたにわりやのごとばかりで
　　くるしまなあよにうまれてくる）
おまへがたべるこのふたわんのゆきに
わたくしはいまこころからいのる
どうかこれが天上のアイスクリームになって
おまへとみんなとに聖い資糧をもたらすやうに
わたくしのすべてのさいはひをかけてねがふ」

語り部B　「賢治は妹・トシへの思いを引きずったまま、北海道から樺太へと旅行に出た。旅行と言っても、教え子の就職の斡旋が目的である。ところが、この旅先で大きな失敗をしてしまう。目的の方はうまくいったのだが、歓待されて料亭に上がった。そこで付いてくれた芸者に持ち金全部をあげてしまった。身の上話を聞くと、つい、情にほだされるのだ。帰りの切符代もないすっからかんで、同伴者に青森までの切符代を出してもらい、青森で身に着けているものを売り払い、何とか盛岡までは辿り着いたが、それから先はどうにもならず、夜を徹して花巻まで歩きつづけたのだ」

語り部A　「こんな失敗はいくらもあるのですが、賢治自身は失敗と思っていないのでしょう。授業の方も最初の内はあまり人気が無かったのですが、教えるコツをおぼえたようで、難しい事でもユーモアを交え、分かりやすく、それも教科書に頼らずに教えたので、生徒の方も賢治の授業が待ち遠しくなったようです」

語り部B　「稗貫群立稗貫農学校の職員は、畠山栄一郎校長はじめ、堀籠文之進、白藤林之助、賢治らが教諭資格で、助教諭心得の奥寺五郎、助手の小川慶治と実に若い指導者たちであった。中でも堀籠文之進とは意気投合し、宗教や英語の勉強会を開いたり、賢治の書いた詩に曲をつける音楽会を開いたり、レコードコンサートも開いた。そのうち直ぐ近くにある花巻女学校の音楽室に土曜日の放課後集まるようになった。その後賢治と長い付き合いをすることになる藤原嘉藤治《かとうじ》はこの女学校に勤めていて、コンサートの中心的役割を担った。うら若い女性たちも加わり、華やかで文化的で開放感に満ちた雰囲気に多くの人が参加するようになった。賢治は一曲一曲を解りやすく解説し、それに藤原嘉藤治は技術面の解説を加えた」

語り部A「夏休みには、帰省している学生も参加して、賢治のユーモラスで理解するに役立つ解説に満足し、愉快で楽しいコンサート会になったのでした」

語り部B「一九二四年秋の暮れ、職員仲間の奥寺五郎が結核でこの世を去った。賢治はこの奥寺が入院した時から、時間をつくっては見舞いに行っていた。奥寺の方はそう親しくしていたわけでもなかったので、賢治がちょくちょく来てくれることをいぶかしく思っていたが、退職し、自宅療養になっても訪ねて来て励ましてくれた。それればかりではなく、看護を続けている母親に、ぜひ使ってほしいと毎月三十円のお金を渡していた。奥寺は最初の内は、なんの縁もないあなたに施しを受けるいわれはない、と怒り拒んでいたが、結局収入のない病気の身、賢治の思いが通じ、息を引き取る寸前まで、ありがとうございました、と掌を合わせていた」

語り部A「賢治はこのようにちょっとした知り合いでも、入院したと聞くと、見舞いに出かけ、相手をびっくりさせるのでした。しかし何回も来てもらううちに、相手も賢治の思いがつたわりその励ましをありがたく思うのでした」

語り部B「賢治二十八歳の年、四月に『春と修羅』を、十二月に『注文の多い料理店』を刊行する。いずれも一〇〇〇部印刷した。『春と修羅』は借金をしての自費出版だが、殆ど売れずに大半を寄贈した。また、東京の書店に預けたものは定価の五分の一の値段で古本屋に流された。『注文の多い料理店』は出版社の企画ということであったが、これも売れず、印税代わりに一〇〇部、買取りで二〇〇部、結局、父親に借金をすることになってしまった」

語り部A　「この年の八月には学校の講堂を使って、演劇も上演しました。〈飢餓陣営〉〈植物医師〉〈ポランの広場〉〈種山ケ原の夜〉の四本立てで、全て賢治が脚本を書き、演出をし、装置まで手配しました。出演、スタッフは農学校の生徒たちで、授業が終わると何日もかけて練習をしました。観客を三百人も集め大好評でした。打ち上げの費用も含め上演に要した費用は全て賢治が一人で負担したのでした」

語り部B　「賢治は、何よりもまず農民が幸せにならなければ、他の幸せはない、と考え始めていた。自分の家も含めて、商人が潤っているのは農民から巻き上げているからだ、と前々から思っていた。農民はただ働くばかりでなく、芸術に参加し、楽しむ必要がある、そんな思いから〝田園劇〟とか〝農民劇〟と銘打って、学校演劇禁止令がでるまで、演劇活動を続けた」

語り部A　「文学活動の方では、賢治自身は心象スケッチと言っていますが、一日に数篇の詩作を続けており、『春と修羅』も漸く反応が出始めました。まず、辻潤、佐藤惣之《そうの》助《すけ》、草野心平《しんぺい》等が絶賛したのです。あちこちから寄稿依頼もくるようになりました。盛岡在住の森佐一《さいち》から同人雑誌『貌《かお》』への寄稿依頼がきたのもこの頃でした。森佐一は後に直木賞作家になる人物ですが、この頃はまだ中学生で、賢治が会った時、あまりの若さに驚いたのでした。賢治は彼を誘い、レストランで食事をしました。

語り部B　食べながら、科学や宗教の話をしました。そして、食事が終わるといきなり自作の〈ポラーノの広場の歌〉を大声で歌いました。そこで食事をしていた人たちや店の人たちは、びっくり仰天でした。これが森佐一との出会いでした」

賢治　「しかし、この頃から賢治の気持ちに大きな変化が起こっていた。賢治の斡旋で樺太の王子製紙に就職した教え子に送った手紙には」

「いつまでも宙ぶらりんの教師など、生暖かいことをしているわけにはいきませんから、多分来春はやめてもう本当の百姓になります。そして、小さな農民劇団を利害無しに創ったりしたいと思うのです」

語り部B　「また、保坂嘉内への手紙にも」

賢治　「来春は教師をやめて本当の百姓になって働きます」

語り部B　「と書き送り、退職する意思の強いことが分かる。学校授業の外に農事についての講演や稲作指導、肥料の与え方など地域を廻って百姓と触れ合っていたが、それでは満足できなくなっていたのだ。本当の百姓を知り、百姓の在り方を身をもって示したかった。この思いは、日蓮の〝いまここを浄土にしよう。いま苦しんでいるひとをこの場で救おう〟という教えを実践しようという思いなのだ」

語り部A　「ここで少し弟・清六の話をしますが、清六は昨年二十歳で徴兵検査を甲種で合格し、弘前歩兵第三十一連隊第七中隊に入営しておりました。賢治は手紙を出しても返事がこないので心配になり、清六が演習のため今いるという青森の山田野演習廠《しょう》舎《しゃ》まで出かけて行きました。うまい具合に演習から帰って来た清六に面会ができました。二人は久しぶりに廠舎の庭で語らいました」

賢治　「きつそうだね、演習。上等兵だってね」

清六　「そう。毎日演習が仕事だから」

賢治　「除隊後はどうするつもり？」

清六　「電気方面の大学に行きたいけど、お父さんとの約束もあるしね」

賢治　「すまないね。でも、行きたければ行けば。お父さんとの約束はそれからでも」

清六　「んだね。でも、そうもいがない。お父さん、今の商売を早く閉じたがっていて、僕の除隊を待っているから」

賢治　「じゃあ、やはり電気屋さんを開くの？」

清六　「うん。電気も含めた建材屋さん。お父さんもそれを望んでいる」

賢治　「そうか。あの薄暗い店が明るい建材屋さんに変わるのか。いいね」

清六　「兄さんは学校の先生になって安定したし、僕がうまくゆけば、お父さんもお母さんも安心するもんね」

賢治　「そうだね。お父さんやお母さんのことを思うとそうだよね。それが正しい道なのかな」

語り部A　「そんな話をしているうちに、面会時間が終わり、二人は別れました。賢治は帰る汽車の中で、来春には学校を辞め、下根子の別荘に移り、そこで百姓をやろう、語り部B　と改めて決意を固めたのでした」

語り部B　「十二月の或る深夜、宿直の賢治は寄宿生に非常招集をかけた。たたき起こされた生徒は非常招集というので、制服にゲートルを巻いて集合した」

賢治　「これから花巻温泉まで行進を開始する。雪に負けずに、まっ直ぐ、ひたすらまっ直ぐに行進する！　一人も脱落者のないように。出発！」

語り部B　「二十人ほどの一行は賢治を先頭に、ザクザクと雪の中を進み、川があれば川に入って突っ切り、とにかくまっ直ぐ進み、滝にあたった。滝つぼに来るとコチコチに凍った靴もズボンも脱ぎ、ザブザブと水に入り、滝にあたった。その後温泉に浸かり、朝食がふるまわれた。温泉の経費は全て賢治が支払った。一人も風邪を引く者はいなかった」

賢治　「みんなよく頑張りました。私は君らと知り合えたことを誇りに思います。私は君らへの授業を最後に学校を辞めます。辞めて農民になろうと思っています。いつも私が話して来たことを、実行に移そうと思っています。皆さんも応援してください」

政次郎　「なに？　学校をやめる。馬鹿者！　何を考えて、そんな馬鹿なことを！」

イチ　「そうよ。あなたにとっては天職よ。あなたを慕っている生徒さんが沢山いるそうじゃないの」

賢治　「でも、私にとっては正しい道ではありません。間もなく清ちゃんが除隊になって帰ってきて建材屋を開きます。私は下根子に移って、百姓をやります。百姓をやりながら、色々とやるべきことを実らせたいと思います」

政次郎　「あのな、学問で百姓が出来ると思ったら、大間違いだ。肥料の作り方を知っていようが、土の性質が分かろうが、あくまでもそれは知識だ。百姓は労働だ。労働そのものだ！」

イチ　「ね、賢治さん、あなたには向いていない。あなたは勉強が好きなんだから、土でも石でも星でも、とにかく研究して学者になるのが一番向いてる。お母さんは反対します。学校をやめてほしくはありません！」

語り部A　「珍しく母・イチが反対しました。父・政次郎は賢治のすることの殆どに反対してきましたが、母・イチが反対することはありませんでした。それでも、賢治の考えは変わりませんでした。信仰に裏打ちされた理想を追い求めることを決意していたのでした」

語り部B　「除隊になった清六は、早速店舗の改築をし〝宮澤商会〟の看板を掲げた。賢治は退職すると、下根子の別宅を改装し、こちらに移り住み、家の前の藪を切り開き、畑を作り始めた。父・政次郎は町会議員や地域のための役員など忙しく働いていた」

八

イチ　「なんで、お母さんのつくった弁当を食べてくれないの」
賢治　「私は百姓になったんです。百姓はそんな贅沢なものは食べていません」
イチ　「トマトやジャガイモだけじゃ、体が持たないでしょう」
賢治　「飯も炊いて食べています」
イチ　「ご飯だって、お湯をかけて、沢庵かじって、それでお終いだそうじゃない」
賢治　「それだけでも贅沢なんです。農家では大根を細かに刻んで、ご飯に見立てて食べてるんですよ。まんま食えるだけでも贅沢なんです」
イチ　「お百姓さんを何とかしたい気持ちは分かりますよ。でも、体を壊したら、賢治さんの目指していることは出来なくなるでしょう」
賢治　「お母さん、私はもう百姓なんです。土を耕して生きるんです。自分の手で作ったものに生かして貰うんです。折角ですが、お弁当はお持ち帰りください」
語り部Ａ　「賢治は百姓になりきろうとしていました。そして、今の実情を周りから少しずつでも変えてゆこうと考えたのでした。そこで賢治は〝羅須地人協会《らすちじん》〟を立ち上げました。賢治が理想とする農村生活を体現しようとしたのです」
語り部Ｂ　「羅須地人協会には二十数人の若者が集まってきた。いずれも賢治を敬愛する者たちだ。賢治の講義を聞き、その思いに打たれた者たちだ。賢治は農民はただ働くだけではなく、生活を楽しまなければならない、と訴えていた。農民芸術論である。農民劇、農民音楽、農民絵画、農民文学など、働く以外に得意なことを見つけ、それを楽しむこと、そうして農民生活を豊かにしたい、と考えていた」

語り部A　「賢治は地域で一番と言われるほど、レコードや浮世絵を持っていました。ただ持っているだけでなく、その一枚一枚を充分な知識をもって解説しました。レコードコンサートも絵画鑑賞もとても喜ばれました。更に賢治は、農民劇団や農民オーケストラを創ろうと考えました。農作業の合間をみて、よく東京に出かけるようになりました。チェロを習い、築地小劇場など様々な芝居をみたり、自分の作品を世界に発信しようと、エスペラント語も習い始めました」

語り部B　「この羅須地人協会は農民の知識を高め、生活を豊かにするという目的があり、賢治は知識の限り、曜日や時間を決めて講義をしていたが、時勢柄、人を集める活動は反社会的活動と疑われ、官憲の目が光っていた。事実、賢治は社会を変えたかったのだが、レーニンの社会主義の著書を読んだ上で、日本には向いていない、やはり仏教による改革がふさわしいと仏教の講義にはより力を入れていた」

シゲ　「お兄ちゃん、大丈夫？　いろんな噂が飛んでいるようだけど」

賢治　「シゲちゃんこそ、赤ちゃん産んだばかりじゃないか。こんなところまで出かけてきて」

シゲ　「お父さんもお母さんも、清ちゃんもクニちゃんもみんな心配してる。官憲に捕まるんじゃないかとか、女嫌いで男好きだとか、変な噂ばかり耳に入る。そうよ。お金持ちの道楽だって。お兄ちゃんがいくら骨を折っても、お百姓さんは利用するだけで、受け入れてはいないのよ」

賢治　「そんなことを心配して、わざわざ来たのか?」

シゲ　「お兄ちゃんのことを心配して来たわけじゃないの。お母さんよ。お兄ちゃんのことを心配して、あれじゃ、病気になっちゃうよ、お母さん」

賢治　「南無妙法蓮華経と言って、昔は島流しにあったり、処刑されたりしている。噂なんか何にも心配せんでいい、お母さんにもそう言っておいて」

シゲ　「女の人が出入りしているんですって? 結婚するつもり?」

賢治　「それか。そのことなら、実は困っているんだ」

シゲ　「小学校の先生で、私と同じ二十六歳だそうね。当然、結婚を考えて来てるわね」

賢治　「結婚は絶対にしない。罪も犯さない。お母さんにそう言って、安心してもらって」

シゲ　「何だか、益々お母さん、病気になりそうね」

語り部A　「その人は高瀬露《つゆ》という人で、彼女が務める小学校で行われる講演会に賢治はしばしば講演をしていたし、賢治らが中心になって催していた音楽の集いにも参加していて、賢治と接しているうちに好きになったのでした。賢治が羅須地人協会を始めて、一人で不自由していると聞いて、実家が近くだったこともあり、羅須地人協会に通うようになったのでした。賢治も最初は音楽や芝居の話など楽しく話していたのですが、結婚を望んでいることを知り、態度を変えたのでした。或る日、こんなことがありました。賢治に客が数人来ていたので、彼女はカレーライスをこしらえて出しました。客は喜んで食べました。けれども、賢治は食べません。『先生、食べてください』と彼女が言うと」

賢治　「私は食べません。食べる資格がありません」

語り部Ａ　「と、にべもなく断り」

賢治　「この方は小学校の先生で、品行方正なクリスチャンで、この羅須地人協会を応援してくれているというだけなので、どうぞ、誤解をしないでください」

語り部Ａ　「そう紹介されて、彼女はさすがに悔しさを隠しきれず、プイっと怒って、傍にあったオルガンに縋り付き、怒り任せに弾きました。すると、賢治は」

賢治　「まだ農家の人たちは働いている時間です。止めてください！」

語り部Ａ　「そう言って止められたので、彼女はもうそこにはいられません。走るようにそこを飛び出し、ぷりぷりとして帰ってゆきました」

語り部Ｂ　「彼女が出てゆくと、入れ違いに森佐一がやってきた」

森佐一　「こんにちは。お久しぶりです」

語り部Ｂ　「そう言いながら、彼は今来た道を振り返っていた」

賢治　「やあ、いらっしゃい。出会いましたか」

森佐一　「ええ、何か声をかけられないような雰囲気で」

語り部Ｂ　「森佐一は感じたことをそのまま口に出したが、何があったか判じかねていた」
賢治　「一人で来ないでほしいと言っているんですがね。さ、まあ、どうぞ」
語り部Ｂ　「森佐一が建物の中に入ると、二階からどやどやと青年たちがおりてきて、口々にごちそうさまでしたと言って、出て行った」
森佐一　「なんだ、特別なことが起こったのではなかったか」
語り部Ｂ　「と森佐一は自分が勘ぐったことを内心恥じた」
賢治　「そこにお掛けください。私以外だれもいないと思いましたか。勘ぐられたようですね」
森佐一　「いや、顔に出てましたか。ゲスな野郎ですみません。なにせ、あの女性、真っ赤に顔を上気させ、かなり興奮してましたから」
賢治　「顔というのは、感情が正直に現れますからね。あなたが創った『貌』という雑誌、言い得て、妙ですよ」
森佐一　「いつもご寄稿ありがとうございます。宮澤さんが参加してくださったお蔭で、ぐんと株が上がりましたよ」
賢治　「いや、私のは唯の心象スケッチですから。あなたのは立派な詩です。最初会った時、実にお若いのでびっくりしました」
森佐一　「そう言えば、宮澤さんはあの時、結婚はしない、生涯独身を通す、と言っておられましたよね。宗旨替えは？」

賢治　「しません。真宗から日蓮宗に宗旨替えはしましたが、戻ることはありません。だから、女性と二人っきりになるのは困るんですよ」

森佐一　「今の女性とは、とても親しいのではないかと感じましたが」

賢治　「興味がおありのようですね」

森佐一　「すみません。文学上最高のテーマですから」

賢治　「全く、人生においても最高のテーマですね。正直、辛いし、きついし、苦しいです。あなたもそうでしょ。生身の人間、生身の男ですから」

森佐一　「ええ、でも、私は禁欲主義ではありません。衝動的に苦しくなる時はありますが、余裕があります。自然のままですから。でも、人間の欲に逆らうことが修養だとしたら、それは自然に逆らうことであり、余裕などないはずです」

賢治　「そうですね。絶対を通すというのは、刀の刃の上に座っているようなことかもしれません。きついですよ。あの女性も最初は母親のように、掃除をしたり、洗濯をしたり、芝居の練習の時はオルガンを弾いてくれたり、ごく普通に羅須地人協会の空気の中に空気のようにいたのですが、段々私の前で隙を見せるようになりましてね。それから私自身との戦いが始まったんです。私は顔に煤を塗って嫌われようとしたり、押し入れに潜って居留守をつかったり、私は病気持ちだと怖がらせたりしたんですが、却って面白がって、益々接近してくるんですよ」

森佐一　「女性も気の毒ですね。修養中の男性を好きになってしまって。もし、女性が目の前で裸になったらどうされます？」

賢治　「きついことを訊きますね。おそらく、わああ！　と叫んで、雨が降っていようが、雪が降っていようが、そう、槍が降っていようが、外に飛び出すでしょう」

森　佐一　「逃げますか」

賢治　「そうです。逃げるしかありません。怖い魅力ですからね」

森　佐一　「今日はあの女性が外に飛び出したようでしたが」

賢治　「ええ、もう来ないでしょう。傷つけたくはなかったのですが、彼女の自尊心を傷つけてしまいました。私は、彼女に嫌われることで遠ざけたいと思っていたのですが、今日は、私はあなたが嫌いだということをはっきり示しました。彼女は深く傷ついたと思います」

語り部A　「確かに彼女は深く傷ついたようです。それから羅須地人協会に来ることはありませんでした。しかし、賢治のことを嫌いになったわけではありませんでした。その後も手紙を書いたり、お見合いの話があると賢治に相談したりもしています。ところが、賢治は男好きで周りに若い男を集めているとか、性病持ちだとか、変人だとか、今までの噂に輪がかかり、賢治は会う人ごとに弁明を要することになったのでした」

政次郎　「どういうことだ。私もこの噂は大いに困っている。羅須地人協会はお前の聖域ではなかったのか」

賢治　「修養の場ではあります。新しい農村をつくる活動の場でもあります」

政次郎　「そう言う聖地を、世間では字を変えて〝性地〟と云うものもおるようだ。情けないではないか。だから、はやく身を固めろというのだ。いくらお見合いの話を持ってきても皆断り、挙句に女性との噂まで耳に入ってくる。いいか。女性に白い歯をみせ、甘い顔をするときは責任が伴うんだ。いい顔をして、困ったら背中を向ける、そんなことで理想を実現できると思っているのか」

賢治　「すみません。今回のことは私の失敗です。今後気を付けます」

語り部B　「羅須地人協会は賢治の教え子たちを中心に、それなりの成果が上がりつつあった。授業は、肥料学、土壌学、植物生理学、農民芸術論、それにエスペラント語も全て賢治が教えた。楽器を集めてオーケストラを創ろうともしていたし、芝居も練習を重ねていた。また、実家に帰って農家を継ぎ、農民芸術など賢治の教えを実践する者も出てきた。そんな流れのなか、賢治の教え子の紹介ということで、伊藤七雄《ななお》という人物が妹を伴って訪ねてきた。伊藤は岩手の人間だが、ドイツ留学中に胸を患い、やむなく戻ってきて、療養先として伊豆大島に土地を購入したのであった。そこで賢治のようなことをしてみたいと彼は来意を告げると、妹を紹介した」

チエ　「チエと申します。兄のお世話をしており、従いて参りました」

賢治　「宮澤賢治です」

語り部A　「賢治はそれだけ言うと、視線をすぐ兄・伊藤の方に戻し、羅須地人協会の内容などを話し始めました。二人は意気投合し、賢治の壮大なプロジェクトを自分も実現してみたいと伊藤七雄も興奮したのでした。しかし、チエは兄に『今日会う方はお前のお見合いの相手だから、そのつもりで』と言われていたので、二人の話に耳を傾けておりましたが、内容があまりにも大きくて、とてもこの方には従いてゆけそうもない、と思うのでした」

語り部B　「いずれ大島を訪ねる、という約束をし、賢治は二人と別れた。このように色んな人が訪ねて来るようになり、賢治は益々忙しくなってゆくが、肥料相談所を開設したことで、更に輪をかけた。無料だから、近隣からばかりでなく、遠くからも訪ねて来るようになり、土壌を見るために賢治から出かけることも多くなった。そんな中、大島を訪ねることにしたのである。丁度仙台で東北産業博覧会があり、父に言われた水産加工物の展示を念入りに見た後東北帝国大学を見学し、古本屋で浮世絵を漁り、夜行に乗って水戸で下車し、偕楽園と農事試験場を見て、その足で上野に向かった。東京に着くと、霊岸島《れいがんじま》から船に乗り、大島を目指した」

語り部A　「賢治はこの日が待ち遠しくて仕方がなかったのです。伊藤チエが兄についてきたのは、賢治とのお見合いの意味があったと後で聞かされたからです。賢治を伊藤七雄に紹介したのは教え子でした。その教え子に、あの方、どうでしたか？　と訊かれて初めて知り、余計なことを、と怒って見せたのですが、その後何かにつけて彼女の影が脳裏をよぎるのでした。とても印象が良かったのです。母親とも違う、亡くなった妹・トシとも違う、まして、あのオルガン先生とも違う、初めて出会った女性でした。あの時は、白い歯を見せてはならない、甘い言葉を言ってはならない、と意識して無視したのですが、心は決して無視していなかったのです。大島に向かう船の上からの遠ざかる景色は、行ってらっしゃい、と送り出してくれるように思え、島近くを飛び交うカモメたちは、ようこそ、と歓迎してくれているように思えたのでした」

語り部B　「伊藤兄妹は賢治を大歓迎した。伊藤七雄はここに農芸学校を設立し、生徒たちと一緒に周りを開墾し、賢治と同じように理想郷を創りたいと思っていたのだ。その夜、賢治はチエの料理で歓待された。兄は妹の料理が賢治の口に合うかどうか、気が気ではない」

語り部B　「如何ですか、妹の手料理、お口に合いますかどうか」

賢治　「いや、これは大したお手並みですね。実は私、ジャガイモとかトマトとか自分の所で獲れる野菜しか口にしていませんで、これだけのご馳走は見るのも久しぶりです。見事ですね」

チエ　「あら、どうしましょう」

語り部B　「菜食主義でしたか?」

賢治　「いえ、こうして旅行に出ますと、主義は通せません。旅館でそう我儘も言えませんし」

チエ　「それでは、命あるものはお下げいたしましょうか」

賢治　「お気遣いなく。羅須地人協会は貧乏なだけです。魚にしても、お肉にしてももうすでに命を差し出しているのですから、感謝して頂戴いたします。南無妙法蓮華経」

チエ　「至りませず……」

賢治　「却って、申し訳ないことを。そんなつもりではなかったのですよ。美味しいです。お兄さんは幸せでしょう。妹さんの手料理を毎日頂けるのですから」

語り部B　『本当にお口に合いますか』伊藤七雄は妹を賢治に貰ってもらいたい一心から、もっとも気になることであった。しかし、賢治はこの時はまだ結婚の意志はなかった。やはり一生独身を通すつもりであった。ただ、恋はしたかった。いや、もう恋をしてしまっていた。だが、相手に気づかれないように、相手を傷つけないように、自分一人で恋を楽しもう、と自分に言い聞かせていた。そして翌日土壌を調べ、計画図を創り、様々に細かいことを指示し、今後ともお手伝いすることを約束し、大島を離れたのだった。この時のことを賢治は〝三原三部作〟として長い詩を書いたが、後半部分は伊藤七雄とその妹チエに対して、感謝と喜びと恋慕を表している」

賢治　「なぜわたくしは離れて来るその島を

じっと見つめて来なかったのでせう
もういま南にあなたの島はすっかり見えず
わづかに伊豆の山山が
その方向を示すだけです
たうとうわたくしは
いそがしくあなた方を離れてしまったのです」
「おおあなた方の上に
なんと浄らかな青ぞらに
まばゆく光る横ぐもが
あだかも三十三尺の
パノラマの図のやうにかかってゐることでせう
日はいま二層の黒雲の間にはいって
杏いろしたレンズになり
富士はいつしかたいへん高くけはしくなって
そのまっ下に立って居ります」
「船はもうまさしく左方に
その海礁の燈台を望み
またその脚に時時パッと立つ潮をも見ます

賢治

賢治

賢治

三崎の鼻はもう遠く
その燈台も
辛くくるみいろした
雲にうかんで見えるだけ
そしてあなたの方角は
もうあのかがやく三十三天の図式も消えて
墨いろのさびしい雲の縞ばかり」
「海があんまりかなしいひすゐのいろなのに
そらはやさしい紫いろで
リンゴの果肉のやうな雲もうかびます

船にはいま十字のもやうのはいった灯もともり
うしろにはもう濃い緑いろの観音崎の上に
しらしら灯をもすあのまっ白な燈台も見え
あなたの上のそらはいちめん
そらはいちめん
かがやくかがやく
猩猩緋《しょうじょうひ》です」

語り部B　「大島農芸学校はそれから三年後に設立されたが、設立後まもなく伊藤七雄はこの世を去った。学校も消滅したのだった」

語り部A　「賢治は大島の帰り東京に留まると、図書館、農事試験場、農林省、商工省、特許局などの仕事に加え、沢山の芝居を観て、浮世絵展に何日も通い、八日間滞在して、日本海周りで花巻に帰りました。東京滞在中、寝る時間も惜しんで調べたことや見たことを記録したので、かなり疲れていました。ところが、花巻に帰ってみると、旱魃《かんばつ》でイモチ病が発生しており、休む暇もありません。結局賢治は倒れてしまい、四十日間入院しました。肺浸潤という診断で、四十度前後の熱が何日も続きました」

賢治　「喉からの血が止まらない。今夜ここでもう誰にも見られず、独り死んでもいい、幾度もそう考えて、自分に言い聞かせても、また、生ぬるく新しい血が湧き上がってくると、ほの白く私は怯え、私は何者かを考える。私も外界も原子の結合であり、真空の一体であり、一つの法則があるのみで、その本源の法の名を妙法蓮華経と名付け、生もこれ妙法の生、死もこれ妙法の死、南無妙法蓮華経……」

語り部B　「死が脳裏を巡るほど苦しい闘病だったが、危機から脱すると、次第に快方に向かい、退院となったが、自宅療養を必要とし、羅須地人協会から、自宅の二階に移った。すると、来客はこちらへ訪ねて来るようになった。家人は心配して面会を断るのだが、賢治は会おうとするのだ。百姓であったり、詩人であったり、見舞客であったり、それなりに忙しいのだった。その中に、東北砕石工場の社長・鈴木東蔵《とうぞう》がいた」

鈴木東蔵　「お加減の悪いところを誠に申し訳ありません。先程上町の渡辺肥料店をお訪ねしたところ、先生は肥料の神様だとご紹介をいただき、その足でこちらに伺いました」

賢治　「神様でも仏様でもありません。百姓の成り損ないですよ。砕石工場を経営されているんですか」

鈴木東蔵　「はい。先生が農家に石灰を進めた年は、石灰がとても売れるそうで、今年渡辺肥料店から注文が無かったので、どうしてかな、と思って訪ねたところ、先生次第ということで、ご教示願いたく参りました」

賢治　「わかりました。石灰石粉の効果についてお話いたしましょう」

語り部A　「賢治は石灰と土壌の関係について分かりやすく解説し、のち程文章にしてお送りしましょうと約束しました。それから、農村改善の話、宗教の話など賢治の持論を披瀝《ひれき》しました。この鈴木東蔵も『農村救済の理論及び実際』という本を出版している農村思いの熱い心を持った人でした」

鈴木東蔵　「いやあ、全く、先生のおっしゃるとおりです。村民全体が幸福に暮らすには、のうのうと暮らせる金持ちが居てはなりません。また、生活の成り立たないような貧乏人がいてもなりません」

九

語り部A　「こうして鈴木東蔵の経営する〝東北砕石工場〟に深くかかわって行くことになるのでした。翌年になると、賢治はかなり回復し、外へ出て、花の種をまき、苗を育て、花を咲かせることで元の力を取り戻そうとしました。病気に苦しんだことにより、心境もかなり変わっていました。羅須地人協会の仲間や教え子たちに」

賢治　「私は悔いております。農学校の四年間が一番やり甲斐のある時でした。しかし、僅かばかりの自分の才能に慢心して高慢な態度になってしまったこと、悔いてももう及びません。羅須地人協会では今思いますと、初めからお終いまで、心も体も殆ど病気みたいなもので、なんとも済みませんでした。どうかあれらの中から捨てるべきものははっきり棄て、よくお考えの上、取るべきは取って、あなたご自身で明るい生活の目標をおつくりになるようねがいます」

語り部A　「そのように挨拶したのでした」

語り部B　「東北砕石工場は経営に苦しんでいた。そこで、賢治のアイデアや人脈を頼り、鈴木東蔵は訪ねて来たり、手紙で問い合わせてきたり、頻繁に接触して来るようになった。賢治はいつも丁寧に対応した。石灰とカリを調合した合成肥料のプランを教え、投資してくれる相手を探してあげたり、ついには工場まで出かけて行って、砕石の仕方を指示したりもした」

賢治　「今度、湯口村の有志数名が工場を見学に行きます。話が合えば取引になると思いますので、ご対応よろしく」

鈴木東蔵　「ありがとうございます。万全を期します。ところで、ご融資の件については如何でしたでしょうか」

賢治　「盛岡銀行には父の力を借りたのですが、景気低迷の折とて話が進みません。我が家も今は株価暴落で担保に苦労しているところです。それに、私は変な主義のため家出を二度もしておりまして、金銭の事には一切口出し出来る立場ではなく、直接力になれませんが、肥料の広告宣伝文や資金調達趣意書などは起案してみましょう」

語り部B　「十月、弟・清六は教育招集のため三週間、弘前歩兵第三十一連隊に小隊長として入営する」

弟・清六　「兄さん、行ってきます。店の方は商品全部に値札をつけておきましたので、その通りに販売してくだされば結構です。まけろと言われても、店主が居ないということで、適当にあしらってください」

賢治　「分かった。大丈夫だ。お前の役にたてることは嬉しいことだ。でも、兵隊が中心のこの世の中は、嬉しくないね」

清六　「私もです。では！」

語り部A　「清六が戻ってくるまで、滞りなく店番をこなした賢治は、かねてから次の仕事にしようと父と相談していた水産物加工のことで、仙台に出かけようとしていた。片方で、鈴木東蔵の砕石工場の販売能力の低いのを心配し、営業の手伝いをしてもいい旨伝えた」

鈴木東蔵「営業までお力添え願えれば、百万人の味方を得た思いです。詳しく打ち合わせしたいと思います」

賢治「仙台の方に水産加工会社をつくり、その動きの中でお宅の石灰等の営業と考えましたが、肥料の方が私の学問でもあり、これに打ち込む方が成果が上がると判断しました」

鈴木東蔵「有難いことです。早速ですが、どのような条件で……」

賢治「仙台ではなく、私の家を東北砕石工場花巻出張所とし、私を技師という立場にする。その上で、石灰岩抹を主原料とする製品の改良及び発明は全て貴工場に交付する、というのは如何ですか。勿論、世界の学説事情は調査し、工場の発展に尽くす、と」

鈴木東蔵「いやあ、有難い、有難い。ところで報酬の方は、如何相成りましょうか?」

賢治「一般相場を現物支給で結構です。採算分岐を超えたところから、別に歩合をお付けください」

鈴木東蔵「分かりました。それでは後程書類を作ってお見せします」

賢治「よろしく」

政次郎「話はまとまりましたか?」

鈴木東蔵　「はい、お陰様で」

政次郎　「それは良かった。ところで、もし、お望みなら、私が五百円をお貸し致しますが、如何ですか？」

鈴木東蔵　「ええっっ！　ご、ごひゃくえん！」

語り部Ａ　「当時人夫賃が一円で、鈴木東蔵は五円の都合もつけられない、四苦八苦の工場経営をしていましたので、この申し出に飛び上がるほど喜びました。また、それからの賢治の仕事ぶりも普通では考えられない成果を上げて、工場は活気に満ちるのでした」

鈴木東蔵　「先生、機械、道具類も能率の上がる新しいものに取り換えております。営業範囲を岩手から宮城まで伸ばしていただけませんか」

語り部Ａ　「賢治は人脈を駆使して、様々な団体に食い込んでいきました。農学校、農家組合、農事試験場、市役所、県庁と、当時の教授、先生、生徒などを訪ね、次々と紹介の網目を広げて行き、注文に結び付けてゆきました。或る時は出荷が間に合わなくなったり、石灰を詰めるカマスが間に合わなく出荷できなくなったり、工場は夜も操業するほどの忙しさでした」

鈴木東蔵　「先生、秋田、新潟の方へも拡張してください」

語り部Ａ　「賢治は指示通り、秋田、新潟へも出張し、営業を重ねましたが、運賃の件や地元産の優先とか、こちらの方は中々思うように行きません。成果が上がらなかったので出張費を自分で払うという始末でした。そうこうしているうちに、農業で石灰等を使用する時期は終わりました。更にこの年は気温が低く、日照不足で凶作となりました。この不作を石灰のせいにする農家もあり、賢治はその弁解説明にも追われました」

鈴木東蔵　「工場の設備も新式に取り換え、ぐんと能率も上がるようになりましたが、やはり時期が過ぎますと注文がなくなります。そこで、建築材として青石《あおいし》、大理石、蛇紋岩《じゃもんがん》などを採掘し、壁材を製造したいのですが、販売及び資金については如何でしょうか？」

賢治　「販売については全力をつくしますが、さて、資金については？」

政次郎　「この不景気に壁材など動きますかね」

鈴木東蔵　「今までにないかなりいいものが出来ると思います」

賢治　「何もしなければ、この不景気を乗り切ることは出来ないでしょう。かなりいいものが出来ることは私も請け合います。場合によっては東京、関西に売り込みをかけましょう」

鈴木東蔵　「これが軌道に乗れば、地域の活性化にもつながります。早速サンプルを作ります。当面の資金をご都合頂ければ……」

政次郎　「資金はともかく、この一年間で三度も風邪をひいて寝込んでいる賢治が、東京に出て、営業をするなど、もっての外です」

賢治　「ほかに活路はありません。命がけで取り組むしかありません。工場の従業員の生活もあります」

政次郎　「お前は工場のことまで心配する立場ではないと思うがな」

賢治　「見捨てれば、今まで生きてきた意味が無くなります」

語り部B　「賢治はかなり強引に父を口説き、渋々ながらサンプル制作費用として十円を出してもらった。やがてサンプルが送られてきた。見事な色バランスのタイルであった。賢治はこれを持って、東京、名古屋、大阪への売り込みを計画した」

母・イチ　「賢治さん、止めなさい。こんな大きなトランク等持って東京に行くなんて、無謀です」

賢治　「大丈夫ですよ、お母さん。ご心配なく」

母・イチ　「お父さんも今回はきつく反対してました。止めなさい」

賢治　「会社の命運がかかっているので、止めるわけにはいがねぇのです。行ってきます」

語り部B　「賢治は四〇キロにもなるサンプルをトランクに詰め、父、母のいうことも聞かず、東京に向かった。相当疲れていたので、列車の中で泥のように眠り込んだ。やがて妙に寒気がするので目が覚めた。すると殴られるような頭痛がし、喉が痛い。向かい側からまともに風がぶつかってくる。その風を吸い込んでいたのだ。斜向かいの乗客が下りる時、窓を開けたままにしたらしい。顔が火照って、寒気が酷い。上野に着くと、四十キロのトランクにフラフラしながら、神田にある行きつけの宿屋にタクシーを飛ばした。営業どころではない。宿に着くなり、床をとってもらい、潜り込んだ。熱が上がる。汗が噴き出る。寒気で震える。宿の方で医者を手配してくれたが、いっこうに熱は下がらない。賢治は今度こそダメかもしれない、そう思った」

賢治　「お父さん、お母さん、この一生の間どこのどんな子供も受けないような厚いご恩を頂きながら、いつも我儘でお心に背き、とうとうこんなことになりました。今生でお返しできませんでしたご恩はきっと次の生でご報じ致したいと念願いたします」

賢治　「清六さん、シゲさん、クニさん、私のきょうだい、とうとう一生なに一つお役に立たずご心配ご迷惑ばかりかけてしまいました。どうかこの我儘者をお許しください」

語り部A　「まるで遺書のような手紙を家族に送りました。それを読んだ家族の驚きは一通りではありません。父・政次郎はすぐ東京の知り合いに連絡を取り、善処を頼みました。その人の計らいで、賢治は寝台車に乗せられ、花巻に送り返されました。花巻には弟・清六が迎えにきておりました」

語り部B　「壁用建材の販売はそのまま進展しないが、肥料石灰の方がまた動き始めた。賢治が営業して回った中の注文保留分や検討分が注文に繋がったのである。賢治は床の中から指示をだした。父・政次郎がサポートしてくれた。シゲやクニも代筆等をして助けてくれた」

鈴木東蔵　「先生、桑畑への炭酸石灰の効用と蚕への影響についてお教えください」

賢治　「私はこのところ十数歩歩くのがやっとで、息切れがして情けない限りです。その件は家の者に代筆してもらい、送りますので少しおまちください」

鈴木東蔵　「先生、稲の生育と肥料四要素の吸収状態についてパンフレットを作りたいので、図に描いて教えてください」

語り部B　「工場からの資金繰りや運営の件など頻繁に問い合わせてくる中、福島から獣医が訪ねて来て、『お宅の工場の物を試験しましたところ、他のどのものより良い結果が出ました。福島、栃木、新潟方面の一手販売を引き受けたいのですが』等と病中の賢治を訪ねて来る人も少なくない。賢治はいちいち起きて、丁寧に応対するので、母・イチはじめ家の者は気が気でない」

語り部A　「昭和七年四月二十五日、弟・清六二十八歳、橋本アイと結婚しました。賢治は三十六歳です。病に喘いでいますが、工場の仕事ばかりでなく文学の方も変わりなく続けております。岩手詩集に〈早春独白〉を発表し、その編集者母木光《ははき》が訪ねて来たり、エスペラント語や宗教の話で時間を忘れるほど話の弾む佐々木喜善《きぜん》が訪ねて来たり、こちらの方も忙しいのでした」

政次郎　「賢治、いつまで家の者に心配をかければ気が済むのだ！　病気の時は病気を治すのが仕事だ。来客も心が休まる者だけに会いなさい。工場からの問い合わせも必要最小限に……。いいね。それから、同人誌からの頼まれごともお断りするんだ。分かったな」

イチ　「賢さん、お願いだからお父さんの言うことを聞いて。良くなればまた何でもできるんだから。ね、いいわね！」

賢治　「森佐一さん、『天才人』に載せる私の原稿、まだ間に合うようでしたら破棄してください。載せないでください。新聞に私の名が出たりすると、親父が怒るのでなんとも困るのです。親の目を盗んでこそこそやってるものですから」

語り部A　「春になり、雪が解け始めるころ、賢治の病いも小康を得ます。お天気の良い日は表に出て庭いじりなどするようにもなりました。現代童話名作集が発刊され〈北守《ほくしゅ》将軍と三人兄弟の医者〉と〈グスコーブドリの伝記〉が掲載されました。また、『天才人』の方にも〈朝に就ての童話的構図〉が発表され、岩手日報にこの一篇のためこの同人誌は輝かしいものになった、と賞賛されました。この他にも賢治の作品は次々と発表され、賢治が回復したことを喜ぶ記事が見られるようになりました」

鈴木東蔵　「先生、以前お問い合わせを致しました岩崎開墾地の件はその後如何でしょうか？」

賢治　「石灰を用いた陸稲の育ちは中々良いそうです。麦作にも使ってくれそうですので、注文があったら、我が岩手県産品を指定していただき、心から感謝します、と懇ろにお礼を述べてください」

語り部B　「賢治は何でもどんな時でもメモを付けた。まっ暗がりでも手帳を出してメモをした。それらが殆ど作品となって表れた。だから賢治は私のは詩ではない、心象スケッチだと言った。それでも作品は二度、三度と推敲され、発表された。また、手紙をよく出したが、その下書きは何通りも書いた。来た手紙への返事も必ず書いた。その下書きも同じように何通りも書いた。兵隊に行っている羅須地人協会の会員だった一人から見舞いの手紙が来た。その返書には次のように書いた」

賢治　「このところ随分良くはなりましたが、今でも時々喀血もあり、殊に咳が始まれば全身のたうつようになって、それが二時間以上も続いて、疲れ切ってしまいます。まあ、それでも書き物をしたり、石灰工場の事務をやったり、なんとか過ごしていますが、やはり生きてる間に昔立てた願いに段落をつけようと躍起になっている自分があり、まことに浅ましい姿です」

政次郎　「離れが出来あがった。今日はそちらに引っ越すぞ」

賢治　「私はここでいいです」

清六　「兄さん、せっかくお父さんが建ててくれたのですから、さあ、行きましょう」

賢治　「私にはそこまでして貰う資格はありません」

政次郎　「賢治、人間に資格というものがあるのか。何のための信仰だ。よく考えて移る気になったら、素直に言いなさい」

清六　「兄さん、ここはうるさいでしょう。それに暗いし、体のことを思うと一日でも早く新しい離れに越した方がいいと思います」

賢治　「ああ、ありがとう」

語り部Ａ　「賢治が療養している部屋は、母親が以前やっていた養蚕室の片隅に畳を敷いて、低い屏風で仕切り、壁際に机を置き、そこに原稿用紙や書籍が積んでありました。賢治はとうとうここを動きませんでした」

語り部Ｂ　「草野心平や寺田弘から、原稿依頼があった。寺田弘の『北方詩人』には〈産業組合青年会〉を送ったが、草野心平の方は本が発行されなかった。九月十日、教え子、小原忠が見舞いに訪れた。小原は居間に通された。父・政次郎、母・イチもそこに居り、賢治が二階から降りてきた。賢治は絣の着物をきちんと着込み、片隅に座った。『起きていてもよろしいのですか？』そう小原が訊くと」

賢治　「なに、今まで涼んでいて、二階に上がったばかりだ」

語り部Ｂ　「もう、段々涼しくなりますから、お体にも良くなりましょう」

賢治　「なあに、どうなるものか。私は暑さの方は平気なのだが、寒くなると体に応えます」

語り部Ｂ　「今まで頑張って来られたのですから、負けないでください」

イチ　「ほんとうにそうです。そんな気の弱い事じゃだめです！　私たちもいつも元気を出しなさいって、言ってるんですよ」

語り部Ｂ　「なにより元気が一番だと思います」

政次郎　「なあに、黙って農学校の先生をやってればよかったんですよ！」

語り部B　「父・政次郎は本当にそう思っているように、賢治の教え子を見ながら、強くそう言った」

語り部A　「九月十七日、花巻の秋祭りが始まりました。神輿《みこし》は三日間町を練り歩き、十九日の夜半、鳥谷ヶ崎《とやがさき》神社の本殿に納められます。賢治はその納められる神輿を拝みたいと言うので、家の者みんなで手伝って二階から降ろし、門の所に出て待ちました。このところ賢治の容態《ようだい》は良くありませんでした。東北の秋は夜の冷え込みがきつくなります」

イチ　「賢さん、夜露がひどいから中に入りましょう」

賢治　「大丈夫、もう少ししたら来る」

シゲ　「お父さんが祭りから帰ってきたら、私たちも怒られるよ。体に悪いから中にはいりましょう」

賢治　「ちゃんと拝みたいんだ」

語り部A　「賢治は言いだしたら聞かないところがあります。仕方なく待って、夜八時、神輿が目の前を通ってゆきました。賢治は恭しく拝礼し、家に入りました」

語り部B　「ところがやはり夜風は良くなかった。夜通し咳が止まらず、賢治は苦しんだ。医者は急性肺炎と診断した。家族の誰かがいつも傍にいるようにして、賢治の世話をした。父・政次郎も家を出るのを控え、枕元にいるようにした。咳が落ち着くと父子は親鸞や日蓮の話をした。仏教の話をすると、以前は必ず対立していたが、語り部A　今はただ死生観についての釈迦の教えを話し合うのだった」
「賢治の容態は少し落ち着きました。すると、半紙に筆で歌を書きました。〝病《いたつき》のゆえにもくちんいのちなりみのりに棄てばうれしからまし〟〝方十里稗貫のみかも稲熟れてみ祭三日空はれわたる〟この年、岩手の米収穫は最高の石高を上げたのでした。それを喜んだのですが、これが最後の作品になりました」

語り部B　「夜七時ごろ、農家の人が肥料の相談にきた。どこの誰かもわからない。家人としてはそのまま帰って貰いたかったが、一応二階に上がって来客を告げると、断るだろうと思った賢治は」

賢　治　「よほど思いあぐねてきたんでしょう。このところ、私の肥料計算がいい結果を出していますからね」

語り部B　「賢治は衣服を改め、下に降りて客人に会った。ところがその客人の話が回りくどい。賢治はいちいち丁寧に質問したり、答えたりして、分かるように話を進める。しかし、家の者は気が気でない。早く切り上げてほしい。政次郎は咳払いなどして、苛々を伝えるが、賢治は相手が納得するまで付き合った。優に一時間を超え、客人はやっと帰った。賢治は一人で二階に上がれないほど疲れていた。その夜は用心のため清六が隣に寝て、様子を窺《うかが》った」

賢　治　「今夜は電灯が暗いなあ。なあ、清ちゃん、私の書いた原稿、清ちゃんにやるから、もし、どこかの本屋が出したいと言ってきたら、出版してください。どこからも来なければ、清ちゃんに任せる」

清六　「どうしたの？　急に気の弱いこと言って」

語り部A　「清六は兄が遺言めいたことを云うので、気になってその夜は寝ずに看病しました。何事もなく夜が明けました。清六はほっとして父にバトンタッチしました」

語り部B　「医者が様子を見に来た。医者は賢治の脈をとったり、聴診器を胸や背中に当てて、渋い表情になった。階下に降りると、政次郎に『どうも昨日と様子が違う。他の患者があるので行かねばなんねぇけど、また、寄ってみる』そう言うと心配そうな顔をして出て行った。政次郎は賢治の枕元に戻ると、これで息子と別れることになるのか、いや、そんなことはない、と自問自答しながら息子の顔を眺めた」

賢治　「お父さん、私は私の迷いを書き続けてトランクいっぱいになりました。あれらの原稿は私の迷いの跡ですから、適当に処分してください」

政次郎　「そうか、分かった。とにかく何も考えるな。必ず治るから」

賢治　「罰が当ったんでしょうね。人のためと思いながら、自分の事しか考えていなかった」

政次郎　「何を云うか。人の事しか考えていなかったんだよ、お前は。今は自分のことを考えろ。いや、何も考えるな。必ず治る。気の弱いことを言うな」

語り部A　「政次郎に代わり、母・イチが看病に付きました。昼の食事は重湯《おもゆ》です」

イチ　「さあ、賢治さん、頑張って食べましょう。熊の胆が混ぜてありますからね、きっと良くなりますよ。ほら、五年前もちゃんと治って、沢山の仕事をしてきたでしょう」

賢治　「ありがとう、お母さん。うん、まだやりたいことがいっぱいあるからね。治るよ。あのトランクの原稿、有難い仏さんの教えを一生懸命書いたもんです。だから、いつかはみんなが喜んで読んでくれるようになるんです」

イチ　「そう、そうなるといいね。そんな有難いもの、元気になってもっと沢山書かなきゃね」

賢治　「うん。元気になるよ」

イチ　「ああ、よく食べてくれた。それじゃ、リンゴすって持ってくるね」

語り部A　「母は重湯をよく食べてくれたことで嬉しくなって階下へ降り、台所でリンゴをすっていました。すると、二階から高々と唱題する声が聞こえてきました」

賢治　「南無妙法蓮華経、南無妙法蓮華経、南無妙法蓮華経……」

語り部B　「皆な驚き、二階へ駆けあがった。賢治は血を吐いていた。政次郎はこれはいけない！と思った」

政次郎　「清六、医者に連絡！　それから、誰か墨と硯を持ってきて」

イチ　「そんなもの、何のために……」

政次郎　「遺言を書き取る」

イチ　「そんなこと、お前は死ぬと言っているのと同じです。そんなむごいこと、止めてください」

政次郎　「そうじゃない。大事なことじゃ。賢治、何か言っておくことはないか」
賢治　「はい。お願いがあります」
政次郎　「そうか、いま書くから、ちょっと待て。墨と硯、早く持ってきて！」
賢治　「国訳で妙法蓮華経を一〇〇〇部つくってください」
政次郎　「よし、自戒偈だけでいいのだな」
賢治　「いえ、どうか全品《ぜんぽん》お願いします。表紙は朱色で」
政次郎　「うん、分かった。それだけか」
賢治　「配るとき、私の言葉を添えてください」
政次郎　「なんと添える」
賢治　「私の一生の仕事です。このお経をあなたのお手許に届け、あなたが仏様の御心に触れ、あなたが正しい一番良い道に入られますように、とそう書き添えてください」
政次郎　「そうか、そうか、うん、よし、分かった」
賢治　「よろしくお願いします」
政次郎　「確かに承知した。いや、お前はなかなかえらい！　他には？」
賢治　「いずれまたあとで……」
政次郎　「そうか、医者は遅いな」
清六　「往診に出ていて、病院から連絡をつけると」
政次郎　「よし、連絡がついたか、病院に確かめてみよう」

語り部A　「そう言って、父は階下に降りてゆきました。賢治は嬉しそうに清六に向かって」
賢治　「清ちゃん、聞いたか、私もとうとうお父さんに褒められた」
清六　「ああ、聞いたよ。いがったね。それにしても、ほんとにお医者さん、遅いね」
語り部B　「清六も賢治の容態が少し落ち着いたように見えたので、階下に降りていきました。
二階には母が一人残りました」
賢治　「お母さん、ちょっと喉が渇いた。水を飲まして」
イチ　「はい」
賢治　「ああ、うまいなあ、水……」
イチ　「うまいか、よかった」
賢治　「ああ、なんだか少し体がべたべたする気がする」
イチ　「そうか、拭いてあげよう」
賢治　「お母さん、いい気持だ、ああ、ほんとにいい気持だ、お母さん……」
イチ　「そうか、そうか」
語り部A　「母は息子の喜ぶ声を聞きながら、愛おしさがぐっとこみ上げてきました。抱きしめたい！　そう思ったときでした。賢治の呼吸がすうーと引き、そのまま止まりました」
イチ　「け、賢さん！　賢さん！　賢治しっかりしてエ！」
語り部A　「イチの張り裂けるような声を聞き、階段が壊れるような勢いで、次々と皆が駆け付けました」

語り部B　「一九三三年（昭和八年）九月二十一日午後一時三十分、賢治永眠、三十七歳であった」

一〇

語り部A　「葬儀は二日後の二十三日安浄寺にて執り行われ、会葬者二〇〇〇人を数え、弔電二十八通に及びました」

語り部B　「また、藤原嘉藤治、森佐一、母木光連名による弔辞は『私どもはあなたを、あなたの芸術を世界第一流のものとして、大きい誇りを持つのに、ご本人のあなたは謙虚にひたすら隠しておられました。この町の人々は、この国の人々は、五〇年、一〇〇年の後に、あなたがどのように偉かったかということが分かるでしょう』と賢治の偉大さを見通し、讃えたのでした」

語り部A　「この賢治の葬儀に、羅須地人協会時代のあの女性、高瀬露が会葬に来たかどうか分かりませんが、結婚して姓は小笠原にかわりました。結婚する前に、賢治に何回も手紙を書き、写真を送り、結婚の希望を伝えますが、賢治は、他に一生をかけて成すべきことがある、といって断り続けました。しかし、森佐一には亡くなる二年前、私は伊藤チエさんと結婚するかもしれません、と言っています。伊藤チエという人は、伊豆大島の伊藤七雄の妹です。〈三原三部〉という詩に、生き生きと弾むリズムを乗せ、〝あなた〟と賢治が詠ったあの女性です。あの女性も独身を通していたのです」

語り部B　「森佐一は昭和十五年の秋、この伊藤チエを探し、訪ねている。森佐一は筆名を森荘一（荘己池）といい、昭和十八年に直木賞を受賞する作家である。賢治とは中学校の頃から親しくしてもらい、十歳の年の差があるにも拘わらず、宗教、文学、音楽、浮世絵、更には性の話まで、忌憚なく話し合った仲であった。彼は賢治が、結婚するかもしれない、と言ったその女性がその後どうしているか気になった。賢治が思った女性である。初恋の女性は別な人が探し出して、その名を高橋ミネといい、その後北海道の伊藤という人と結婚している。賢治十九歳の時の看護師である。森佐一が訪ねた伊藤チエは、国分寺の奥にある小さな家に、介護をしてくれる女性と二人でひっそりと暮らしていた。彼女はカリエスを病み、床に伏していたのである。賢治が亡くなって七年後のことだ。森佐一は来意とその目的を告げた」

伊藤チエ　「ごめんなさい、こんな格好で……」

森　佐一　「どうぞ、そのままで、寝たままで結構です」

伊藤チエ　「すみません。そのようなご用件でしたら、私は宮澤さんとは特に関係ございません」

森　佐一　「宮澤さんは私に『伊藤チエさんと結婚するかもしれない』と確かに言いました。『けれどもこの結婚は、世の中の結婚とは違って、体を壊した私ですから、日常生活をいたわり合う、ほんとうに深い精神的なものが主になるでしょう』そうも言われました」

伊藤チエ　「もうあの方はお亡くなりになりました。どうして今そのようなことを……」

森　佐一　「あなたは間違いなく、宮澤さんの心の中の結婚相手だったのです。私はそのこと、そして今日のことを書かなければなりません。了承していただき、お話を聞かせていただきたいのです」

伊藤チエ　「ああいうお偉い方に、何故私のようなものが引き合いに要るのでしょうか」

森　佐一　「宮澤さんが今でもご壮健なら、あなたにはその奥さんとして、私はお会いすることになったでしょう。それほど重大なことではありませんか」

伊藤チエ　「私は宮澤さんとは二回お会いしただけです。一度目に会った時から、あなたは宮澤さんの心に棲んでしまったのです。二度目は大島で会うわけですが、あなたに会った喜びが〈三原三部〉という詩にふつふつと現れております」

森　佐一　「回数は関係ありません。一度目に会った時から、あなたは宮澤さんの心に棲んでしまったのです。二度目は大島で会うわけですが、あなたに会った喜びが〈三原三部〉という詩にふつふつと現れております」

伊藤チエ　「昔のことです。どうかわたしをそっとしておいてください。ご逝去後七年も過ぎた今頃になって、何のためにわたしのようなものの関りが必要でしょうか。あなたがお書きになれば、私は火炙りの刑に合うようなものです。私はあのお方にふさわしい女ではありません。あのようなお偉い方、蔭に隠れて静かに仰いでおり

語り部A　たいと思います。この決心は、あの大島でお別れしたとき、その後ろ姿に向かって、
誓ったことでございます。お願いですから、お書きにならないでください」
語り部B　「伊藤チエは頑なに書かれることを拒み続けました。自分はふさわしくない。自分
が表に出て宮澤賢治という尊敬する人を、汚したくない。そんな風に、賢治を愛
していたのでした。そんな愛し方もあるのでしょう」
「森佐一は、人間としての宮澤賢治を神格化しないためにも、正確に書き残す必要
があると思い、伊藤チエの願いを退け、発表したのだった」
賢治　「雨ニモマケズ
風ニモマケズ
雪ニモ夏ノ暑サニモマケヌ
丈夫ナカラダヲモチ
慾ハナク
決シテ瞋《イカ》ラズ
イツモシズカニワラッテイル
一日ニ玄米四合ト
味噌ト少シノ野菜ヲタベ

アラユルコトヲ
ジブンヲカンジョウニ入レズニ
ヨクミキキシワカリ
ソシテワスレズ
野原ノ松ノ林ノ蔭ノ
小サナ萓ブキノ小屋ニイテ
東ニ病気ノコドモアレバ
行ッテ看病シテヤリ
西ニツカレタ母アレバ
行ッテソノイネノ束ヲ負イ
南ニ死ニソウナ人アレバ
行ッテコワガラナクテモイイトイヒ
北ニケンクワヤソショウガアレバ
ツマラナイカラヤメロトイヒ

ヒデリ*ノトキハナミダヲナガシ
サムサノナツハオロオロアルキ
ミンナニデクノボウトヨバレ
ホメラレモセズ
クニモサレズ
ソウイウモノニ
ワタシハナリタイ」

*原文は「ヒドリ」と記されている。「ヒドリ」は「日取り」つまり日当のことで、貧しい小作農民の悲しみが込められているので原文のまま「ヒドリ」とする方がよいという説がある。ここでは耳に入りやすい「ヒデリ」の方を記した。

〈参考文献〉

『新・校本宮澤賢治全集』（筑摩書房）
井上ひさし・こまつ座編著『宮澤賢治に聞く』（文芸春秋）
没後八〇年永久保存版『宮澤賢治・修羅と救済』（文芸別冊・河出書房新社）
三上満著『賢治の北斗七星・明日へのバトン』（新日本出版社）
増子義久著『賢治の時代』（岩波書店）
小川達男著『隣に居た天才盛岡中学生宮澤賢治』（河出書房新社）
宗左近著『宮澤賢治の謎』（新潮選書）
『宮澤賢治研究資料集成』（日本図書センター）
宮澤清六著『兄のトランク』（筑摩書房）
森荘已池著『宮澤賢治の肖像』（津軽書房）
矢島歓一著『宮澤賢治の短歌』（宮澤賢治友の会）
森荘已池著『宮澤賢治と三人の女性』（人文書房）
ちくま日本文学『宮澤賢治』（筑摩書房）
ちくま文庫『宮澤賢治全集』（筑摩書房）
坂本幸男・岩本裕訳注『法華経』（岩波書店）

二章　中原中也の生涯

登場人物

語り部
中原中也
父・謙助
母・フク
妻・孝子
養祖父・政熊
養祖母・コマ
弟・恰三
弟・思郎
後藤信一
永井叔
長谷川泰子（小林佐規子）
小林秀雄
小林富士子
大岡昇平

河上徹太郎
諸井三郎
安原喜弘
高森文夫
青山二郎
野々上慶一
草野心平
檀一雄
野田真吉
中村光夫

（但し、主要役以外　一人二役　三役　可能）
なお、この作品は文献を基にして創作したものです。

中原中也　「遊びに行っていいですか」
母・フク　「お父様に訊《き》いてらっしゃい」
中原中也　「お母さんに行って訊きなさい」
父・謙助　「お母さん、遊びに行っていいですか」
中原中也　「お父様に訊きなさいといったのに、なぜまたお母さんに尋ねるの」
母・フク　「あっち行きゃあこっち、こっち行きゃああっち、僕は誰に訊きゃあいいんかね」
中原中也　「それじゃあ、行ってらっしゃい。行ってもいいけど、人と喧嘩《けんか》なんかせんように遊んでらっしゃい」
母・フク　「ほんとに行ってもいいの？」
中原中也　「ああ、いいよ」
母・フク　「ほんとにいいかね」
中原中也　「ああ、いいよ」
母・フク　「ほんとうかね？」
中原中也　「お母さんは嘘は言いやせん。行ってもええと言っておるのよ」
母・フク　「ほんとうかね？」
中原中也　「ほんとうって言うたら、ほんとよ。なんどもなんども言うもんじゃない。あんたのようにしつっこう言うもんじゃありません。ほんとうに行ってもいいから、行ってらっしゃい！」

語り部

「こんな具合で、中也は子供の頃からかなりしつこかったようです。この執拗さが、彼の人生を創り上げていったようですが、これは親の躾《しつけ》が大きく影響したと思われます。外で遊ぶにも親の承諾が必要だったのです」

語り部

「さて、中也は、一九〇七年（明治四十年）四月二十九日、山口県吉敷《よしき》郡下宇野令《しもうのりょう》村《むら》、つまり現在の湯田温泉で、父・謙助と母・フクの間に長男として生まれました。父・謙助は軍医で、旅順、山口、広島、金沢などと目まぐるしく転勤し、母・フクも子供たちを連れて、その後に従いて行ったのでした。しかし、中也が七歳の時、父・謙助は朝鮮の竜山連隊軍医長となり、単身赴任したため、迎えに来た養祖母・コマに伴われ、中也は一足先に金沢から山口に帰りました。下宇野令小学校の入学に間に合わせるためです。その後、母たちは後始末をして山口に帰ったのでした。母たちというのは、中也三歳の時、次男の亜郎《つぐろう》が生まれ、四歳の時、三男の恰三《こうぞう》が生まれ、六歳の時、四男の思郎《しろう》が生まれておりました。ところが、山口の実家に帰って落ち着く暇もなく、一月九日、弟、亜郎が脳膜炎という病気で死んでしまいます。中也は大変大きなショックを受けました。今まで一緒に遊んだり、食事をしたり、共に生活をしていた弟が突然いなくなってしまったのです。なかなか納得できず、一年間、毎日お墓参りを続けたのです。椹野川《ふしのがわ》の橋を渡り、道々摘んだ花を飾り、お墓に向かって弟に語り掛け、自分の内面に向き合ったのでした」

中原中也　「亜郎、お前、ほんとうにここにおるんか。おったら返事してみい。死ぬってどういうことじゃ。消えてしまうことか。そんなら生きるってどういうことじゃ。おれ、お前が返事くれるまで、訪ねてくるけえな」

語り部　「中也八歳の時のことです。父・謙助が歩兵第四十二連隊付き兼山口衛戍《えいじゅ》病院長となり、湯田に戻ってきました」

中原政熊　「丁度頃合いじゃ。この中原病院を継いでくれ。子供たちの傍には、やはり父親がおらにゃいかん。わしらも年じゃし、亜郎の死んだことも含めて、事情を話せば、軍隊から身を退くこともできるじゃろう」

中原コマ　「それがよろし。そうしてくだされ」

語り部　「中原政熊、コマ夫妻は、山口の湯田温泉で【中原病院】を営み、子供が無かったため、姪のフクを養子に迎え、そのフクと柏原謙助は結婚したため、中也は柏原の姓でしたが、父・謙助が婿養子となり中原病院を継いだため、中也も中原中也となりました」

語り部　「中也十一歳の時、下宇野令小学校から山口師範付属小学校に転校します。中原家は元々歴史があり、地元ではかなりの名家で、政熊、コマ夫妻はキリスト教信者として、現在ザビエル公園となっている土地を寄付し、そこにはザビエルの胸像とヴィリヨン神父の立像があります。中也は、この養祖母・コマおばあ様に連れられ、天主公教会に通い、キリスト教というものに強烈な印象を受けるのですが、

語り部　一方、父・謙助、母・フク、そしてフクの母・スエおばあ様は熱心な仏教信者で、この一同が同じ屋根の下で生活しているため、中也としては、同価値として、同時にこの両極思想〝キリスト教と仏教〟に触れることになったのです」
「そんな中也のことを近所の人たちは『そりゃあもう、とても賢くて、何をされてもよう出来るぼっちゃんで、みぞれ雪の降る日なんぞ、人力車に乗って、革靴、金ボタン、詰襟、帽子姿の中也坊ちゃんを、眩しく見上げたもんです。みんな神童というておりました』と特別な目でみておりました」

語り部　「将来、中原家を背負ってゆくべき長男として、山口師範付属小学校に転校したのでしたが、ここで教員見習の後藤信一を知ってしまうのです。後藤信一が、有本《ありもと》芳水《ほうすい》の詩を朗読すると、その授業ぶりを参観に来ていた女教師たちが、涙を流して感動したのです。それを見ていた中也は、文学の力の凄さに驚くのです」

中原中也　「後藤先生、凄いなあ。沢山の先生が涙を流してた」

後藤信一　「僕が凄いんじゃない。芳水の詩の力だよ」

中原中也　「そうか、詩の力か。でも、先生の読み方もよかった。僕も感動したもん」

語り部　「こうして中也は、毎日のように後藤信一の下宿に通い、感化を受けたのです。ロシア詩人ベールイの作品を読んだり、新体詩をつくったり、次第に学校の勉強はそっちのけになってゆきました」

父・謙助　「お前な、小説や詩歌の本ばかり読まんと、学校の勉強をせないかんがな」

中原中也　「学校の勉強は退屈でいかん」
母・フク　「学校に行ってるもんが、学校の勉強が退屈言うてどうする！」
中原中也　「何にも心配することはないが。僕が落第するはずがないじゃろ。安心してらっしゃい」
母・フク　「そんな暢気《のんき》なこと言うて、先生からも危ないて言うてきとる。お祖父さんもお祖母さんも、みんなえらい心配しとるのよ！」
中原中也　「大丈夫じゃ。僕はね、天才じゃからね」
父・謙助　「馬鹿者！　天才なんかこの世にはおらん。どんな天才に見える人も、常日頃こつこつと努力を重ねているんじゃ」
語り部　「実際、謙助自身、軍医になるまでには、血の滲むような相当な努力をしてきました。もともと農家の生まれで、小学校を卒業した後上京し、医者の書生となって、専門学校、陸軍軍医学校に通い、苦学の末、軍医になったのでした」
母・フク　「目を覚ましなさい！　落第してからでは遅いんよ」
父・謙助　「いいか、中也。もしも、落第するようなことがあったら、うちにはおけんぞ！」
語り部　「本当に誰もが心配するほど中也の成績は下落しました。親としてはあらゆる手を尽くし、家庭教師をつけたり、夏休みには名のあるお寺に預けたり、教頭先生の家にも預かってもらったりしました。こうした中、養祖父・政熊は中也のことを心配しながら、一九二一年（大正十年）五月、六十五歳でこの世を去りました」

中原思郎　「私ら子供は、父、母の教育方針を中心に、祖母、養祖母の注意なども聞きながら、とても優等生的な生活をしておりましたが、兄・中也は文学の方に夢中になり、学校の勉強はしなくなりました。父・謙助の懲罰には色々ありましたが、なかでも最も厳しい懲罰は、壁に向かって長時間正座させたり、蔵に一晩中閉じ込めるというものでした。その罰を一番多く受けたのは兄の中也でした」

語り部　「その文学の方ですが、この頃には、婦人画報や防長《ぼうちょう》新聞などに短歌を投稿し、入選の常連になっていました。すると、同じ投稿常連の吉田緒佐夢《おさむ》と宇佐川《うさがわ》紅萩《まさはぎ》が、歌集［末黒野《すぐろの》］を刊行するにあたって、ページが空いたから参加してほしいと頼まれ、二十八首を掲載しました」

中原中也　「二本のレール遠くに消ゆる其の辺り陽炎淋しくたちてある哉」
「湧く如き寂しみ覚ゆ秋の日を山に登りて口笛ふけば」
「冬の夜一人いる間の淋しさよ銀の時計のいやに光るも」

母・フク　「夫・謙助は専門学校から、医者の書生となり、軍医となったのですが、その軍医学校の校長だったのが、森鷗外という先生で、謙助はとても尊敬しており、自分も医者をしながら小説や短歌を書いておりました。私も夫の勧めで短歌や手習いなどをしておりました。それで、婦人画報などに投稿したこともありましたが、なかなか掲載されません。ところが、中也も一緒に投稿すると、中也の方が選ばれて載るんです」

中原中也　「僕の方がお母さんより上手だよ」
母・フク　「短歌は中ちゃんの方が上手かもしれんけど、あんたは今こういうことをやっている場合じゃないのよ」
語り部　「この時つくった中也の短歌は」
中原中也　「筆とりて手習いさせし我母は今は我より拙しという」
母・フク　「その通りなんですが、それがいけなかったのかもしれません」
語り部　「中也、十六歳の頃、文学で身を立てたいと思い、歌壇選者の毛利碧堂《へきどう》に意見を求めたのですが、文学を職業にすることは簡単なことではない、と諫《いさ》められました。中也の短歌投稿はこの時点で終わったのでした」
中原中也　「お母さん、僕がどういうものになるのを喜ぶね」
母・フク　「お母さんは、作家とか詩人とか、ああいうものは大嫌いよ。ああいうものじゃ、なかなかご飯を食べていけんから。ちゃんと高等学校に入り、大学を卒業して、どこかにきちんと勤めるようになりなさい」
中原中也　「ほな、医者の跡は継がんでもええのかね」
母・フク　「そりゃあ、お父さんの跡を継いでくれるのが一番じゃ。でもね、お父さんをみても分かるでしょう。働きずくめの医者の仕事をそう簡単に勧めるわけにもいかんでしょう」
中原中也　「じゃ、僕の進みたい方に進んでもええんじゃね」

母・フク　「だから、作家とか詩人とかそういうものじゃなくて、きちんと生活できる仕事についてほしいのよ。まあ、できれば、自分から医者になりたい、と言ってほしいけどね」

語り部　「そんな親の思いをよそに、結局、学業成績甚だ不出来ということで、落第になってしまいます」

母・フク　「夫・謙助は中也の落第を知ると、世の中に顔出しできんような気持ちで、中也と言い争いになり、怒って、蔵に閉じ込めてしまいました。寒い夜だったので、コマおばあさんが火鉢を持って行ってやったり、温かい飲み物を届けたり、心配してやりおりました。勿論私も父親と同じように怒っておりました」

語り部　「中原家にとって誠に不名誉なことであり、世間体も悪いということで、家族会議の結果、転校することになりました。中也の家庭教師だった者や中原家に下宿していた者たちが京都にいるということで、転校先は京都の立命館中学校になりました」

中原中也　「生まれて初めて両親を離れ、飛び立つ思いなり！」

語り部　「と、叫び、小躍りしたのでした。親から解放されることが嬉しくて仕方がありません。しかし、中也が京都に出発するその日、親は見送りに来てくれませんでした」

父・謙助　「恥ずかしくて、見送りになんか行けるもんか。お前はどうする？」

母・フク　「わたしだって、恥ずかしくてよう行かん」

父・謙助　「そうじゃろう。落第ちゅうのはそういうもんじゃ」

養祖母・コマ　「まあ、かわいそうに。一人で京都にやるというのに、親が見送りもせん？　あゝ、そうな。そんなら、私が行ってあげる」

語り部　「こうして、中也の親を離れた京都時代が始まるのですが、親の方は口惜しくて、辛くて、恥ずかしくて、陰鬱な生活が始まるのです」

父・謙助　「病院にいても中也の話が出る。往診に行っても中也のことを聞かれる。いや、何も聞かれんのも、これまた、しんどくてな」

母・フク　「私も外には出られません。でも、私らの教育方針が間違うてしまったんですから、気持ちを切り替えなければなりません。ほかの子たちには、もっと自由に……」

語り部　「確かに、中也には、父・謙助は軍隊式にあたり、母・フクはそれを実現しようと歩調を合わせ、二人で厳しく当たっていました。その締め付けへの反発があったのかもしれません。それにしても、父・謙助の落ち込みようは酷く、中也が京都に旅立ったあと暫くは病院を休んでしまいました。しかし、いつまでも休んでいられず開院したのですが、気は重く、体調は優れず、今までの軍人気質の謙助はすっかりしぼんでしまったのでした」

語り部　「中也が京都に出てきたのは十六歳、一九二三年（大正十二年）の四月です。世相は婦人参政権運動や労働運動等の民権を警察権力が取り締まり、なんとなくざわついておりましたが、中也は文学で身をたてようと、ダンテの［神曲］を読み、詩作も始めました。また、経験を積もうと、大人ぶった変装をし、カフェやいかがわしいところにも出入りし、上級生に見つかり、生意気な奴と殴られることもありました。そして、九月一日、東京を中心にマグニチュード7・9の大地震がありました。この関東大震災は直接京都には影響はなかったのですが、沢山の人が東京を嫌って京都に流れ込んできました。青空詩人の永井叔《よし》や長谷川泰子が京都にいたのもそのせいだったのです。永井叔が街角でバイオリンを弾き、自作の歌を唄い、布教活動をしていると、中也は熱心に聞いて、終わると惜しみない拍手をしました」

中原中也　「おじさん、面白いね。バイオリンもうまいし、話も愉快だ。僕は中原中也っていうんだ。おじさん、君の名は？」

永井叔　「僕は永井叔と言います。キリスト教の布教をしています。つまり、伝道師です」

中原中也　「そう。僕もおばあさんに連れられて、よく教会に通ったよ。ねえ、もっと話を聞きたいんだけど、僕のところに寄っていかないか。直ぐ近くだから」

語り部　「といって、越してきて間がない、格子のある二階の部屋に連れて行きました。この時永井叔は二十七歳、中也より十一歳も年上でした。この永井叔という人は、愛媛県松山出身ですが、母親がクリスチャンだったこともあり、中学時代に洗礼を受け、生涯平和主義を貫きました。このため、軍隊生活では古参兵にたてついて、獄中生活を経験しています。そんな永井を相手に、キリスト教について会話が始まり、やがて宗教論から文学論、特にダダイズムについての詩論はもう中也の独壇場になりました。近くの古本屋で［ダダイスト新吉の詩］という詩集に出遭い、衝撃を受け、ダダイズムの勉強に取り組み、更にダンテの［神曲］から、タゴール等、永井の目を見詰めて真剣にまくしたてました

永井叔　「うわあ、この若者の目は、私の大好きな猫の目よりはるかに神秘的だ」

語り部　「と、初対面の永井叔をすっかり魅了したのでした。それから二人はよく会うようになりましたが、或る日、永井に連れられ、劇団【表現座】の稽古場に行きました。ここには永井が紹介した長谷川泰子が女優として参加していました。丁度〈有島武郎、死とその前後〉という台本の読み合わせをしているところでした。泰子は目鼻立ちが整い、スタイルがよく、大柄な、ひと際目立つ存在でした。休憩時間になると、永井が泰子を紹介してくれました」

永井叔　「泰子さん、ちょっといい？　面白い人を紹介するよ」

長谷川泰子　「面白い人？」

永井叔　「こちら、中原さん」

中原中也　「自己紹介する前に、僕の書いた詩を聞いてくれないかな」

長谷川泰子　「詩？　ええ、興味あるわ。聞かせて」

中原中也　「ダダ音楽の歌詞、という題名だけど、じゃ、読むよ

ウワキはハミガキ

ウワバミはウロコ
太陽が落ちて
太陽の世界が始まった

テッポーは戸袋
ヒョータンはキンチャク
太陽が上がって
夜の世界が始まった

オハグロは妖怪
下痢は戸袋
レイメイと日暮れが直径を描いて
ダダの世界が始まった

（それを釈迦が眺めて　それをキリストが感心する）」

長谷川泰子　「何だか良くわからないけど、でも、何だか面白い」
中原中也　「そう、面白い？　僕、中也。中原中也」

長谷川泰子「私、泰子。長谷川泰子。よろしくね」
永井叔「ダダの詩って、スイスから興った芸術運動なんだって」
中原中也「そう。トリスタン・ツァラという人が提唱した社会的にも、芸術的にも伝統を否定した前衛的芸術運動なんだ。まず、言葉から意味を剥ぎ取ろうというわけ」
永井叔「言葉から意味を取り去ったら、どうなるか、新しい何かがうまれるか……」
長谷川泰子「お芝居のセリフが意味不明だったら、えーと、どうなるかしら?」
中原中也「ほら、ね。そう思うだけでも面白い。きっと、新しい何かが摑めると思うよ」
語り部「こうして二人は知り合ったのです。この時中也十七歳、泰子二十歳でした。ところが【表現座】はこの芝居を上演したあと潰れてしまうのです」
語り部「泰子は再び永井叔に相談し、今度は坂東妻三郎や森静子等が活躍している映画会社【マキノプロ】を紹介され、そこで大部屋女優として働くことになりますが、今まで劇団の稽古場で寝泊まりしていたので、当面の宿泊先がないのです」
中原中也「部屋が見つかるまで、僕のところにくるかい。狭いけど、寝泊まりするだけなら十分さ」
長谷川泰子「助かるわ。今夜からでいい? 本当に行くとこないのよ」
中原中也「歓迎さ。実は僕も親元離れて、淋しくて仕方なかったんだ」
語り部「こうして二人の同棲生活が始まりました。最初のうちは、部屋の端と端に蒲団を敷いて寝ていましたが、或る夜、中也は泰子の蒲団に潜り込んでゆきます。一応泰子は拒絶反応を示しますが、やがて諦めたように身を任せたのでした。二人の幼い夫婦のような生活が始まったわけですが、泰子は女優になりたくて、真剣に大部屋に通い、中也は真面目に京都立命館中学に通いました。そこで中学に講師として来ていた京大生の冨倉徳次郎を知り、その冨倉の紹介で正岡忠三郎《ちゅうざぶろう》を知り、その正岡の紹介で富永太郎を知ったのでした。この富永太郎という人物は東京の湯島で生まれ、中学時代には河上徹太郎、村井康男、蔵原惟人《これひと》、小林秀雄、正岡忠三郎等のちに各方面で活躍する同級生や後輩がいました。中也はこの富永太郎を知ることで、その友人達とも深く関わっていくことになるのです。しかし、何よりもこの富永太郎に世界の文学の動向、特にフランスの詩人について教えられ、多大な影響を受けるのです。この時、富永太郎は二十三歳、翌年の十一月には、結核で死んでしまうので、短い付き合いになるのですが、中也は泰子を連れ、すぐ彼の住まいの近くに引っ越して、毎日のように彼を訪ねたのです。富永は十九世紀末のフランス象徴派詩人の文学運動、特にボードレールに詳しく、又チェーホフ等についても語り、中也はその知識の豊富さに刺激され、フランス語に目覚めたのでした。しかし、中也の訪問はいかに向上心のためとはいえ、余りにも執拗で、病持ちの富永には苦痛になっていました。そんな時、とうとう血を吐いてしまい、東京の実家に帰ってしまいました。すると、中也の気持ちも東京に向いてしまい、京都時代も終わることになるのですが、泰子とのこれまでの生活は」

長谷川泰子　「兄のようにも、父のようにも振る舞い、詩が出来ると読んで聞かせてくれました。私はそれを聞きながら、涙をポロポロと流し、泣いたこともありました。私は早くに父を失っていたので、中也さんの優しさは、とても心地よいものでした」

語り部　「長谷川泰子は広島市に生まれ、父はお米の仲買人で、忙しくしていたが泰子をとても可愛がっていました。母は精神が不安定なところがあり、ヒステリーが起こると、形相を変えて怒りまくり、泰子はこの母を恐れて育ちました。ところが、母から逃れ、いつもくっついていたその父が、突然自分の目の前で血を吹いて倒れ、そのまま死んでしまいました。泰子が八歳の時のことです。脳溢血でした。すると今度は母が自殺を図ったのです。学校から『ただいま！』と帰って来た泰子のその目に、鴨居に首を吊ってぶら下がっている母が飛び込んできたのです。発見が早く、命を取り留めましたが、ヒステリーは以前より酷くなり、感情の均衡を失うと、もう近くにいることは出来ず、逃げ回り、母親は本当に怖い存在になっていました。父が亡くなった後、叔父の世話になり、女学校を卒業すると地元の信用組合に勤めました。心の均衡を得るため、泰子は教会に通いました。讃美歌を夢中になって歌っていると、癒されるのでした。ここ流川組合教会で永井叔と知り合うのです。永井は青空詩人と名乗り、日本中を托行して回っていたのです」

長谷川泰子　「私、東京に出て、女優になりたい。永井さん、私を東京に連れていって」

永井叔　「女優なんて、そう簡単になれるものではないよ」

長谷川泰子　「なってみせるわ！　死にもの狂いで頑張る。東京に出なければ何も始まらないもの」

永井叔　「そう、責任は持てないけど、私に出来ることは何でも協力する。覚悟がいるよ」

長谷川泰子　「覚悟はできてるわ」

語り部　「泰子は家に帰って、叔父に上京のことを相談したのですが、絶対に駄目だとえらい剣幕で怒られ、結局家出をしたのです。こうして二人は上京したのですが、新宿で関東大震災に遭遇し、横浜から船で東京を脱出し、静岡から汽車で京都に出て、数人で劇団をつくり、大阪、四国松山と興行をするのですが、結局失敗し、京都に戻り、中也と出会うことになるのです。さて、立命館中学に通っていた中也は三学年を終了しますが、大部屋女優として頑張っていた泰子の方は、或る大物女優から『あんた、文士の二号なんだってね』とからかわれて、喧嘩になってしまい、ここを馘《くび》になってしまいました」

中原中也　「僕、東京に行くけど、君、従いてくるよね」

長谷川泰子　「京都にはもう用がないわ。前、永井さんと東京に行ったんだけど、着いたとたんに大地震よ。横浜の駅の鉄骨がぐにゃりと曲がって、すごかったわ。それですぐ東京を離れたんだけど、元々東京に行きたかったの」

永井叔　「私は中原中也という人物に最初に会った時、一見何となく気味の悪さを感じたが、同時にこれはただの子ではない、と直感しました。年齢からいえば少年で、中学生の帽子をかぶっていましたが、話しているうちに大人と話している気になってきました。不思議な魅力に包まれるのです。泰子さんも同じ思いなんでしょう。彼女もすっかり中也さんに溺れ、私のことなど忘れてしまったようでした。私は彼女が女優になることを共に夢見ておりましたが、こうして失恋ならざる失恋をし、すっかりへしゃげてしまいました」

語り部　「中也と泰子は東京に出ると、豊多摩郡、現在の新宿区戸塚に部屋を見つけました。中也は早稲田大学に入るつもりでした。それも京都で知り合った京大生の正岡忠三郎に替え玉受験を頼んでいたのです。ところが、立命館中学校の四年の終了証がなかったため、受験することができなかったのです。正岡忠三郎は中也より六歳も年上で、正岡子規の甥で、子規没後その家系を継いだ人ですが、中也には深く敬意を抱いていたので、替え玉を頼まれ断れなかったのです」

中原中也　「この前から度々手紙を書いたのだが、全部出したかどうか覚えていない。戸籍謄本もポケットに入れて歩いているうちに失くしてしまった。早大の方は面白くないから、日大を受けに試験場にいったが、三十分遅刻したら入れてくれない。これでもうおしまいだろうというものさ。相当へこたれた。昨晩遅くまで小林のところにいたんだが、これからまた小林のところに行く」

語り部　「と、中也は富永太郎にハガキを書きました。富永は代々木の実家から片瀬の療養所に入院していました。富永は正岡忠三郎に『替え玉受験のお役が御免になったそうで、まあ、よかった。中也さん、大分面白そうだね。実際あの人評判になるかもしれないよ』とハガキを書いて、中也の将来を期待していました。小林秀雄を紹介したのはこの富永でした。或る日、泰子が六畳の部屋から雨に濡れている庭の井戸をぼんやり眺めていると、男の人が濡れながら駆け込んできました」

小林秀雄　「奥さん、ちょっと雑巾を貸してください」

語り部　「その声に泰子ははっとわれに返り、その人を見ました。雨の中から突然現れたように思われ、その青年の清々しさがとても新鮮に感じました」

長谷川泰子　「はい、すぐに」

語り部　「泰子は急いで雑巾をとってくると、小林の足を拭いてあげました。小林は目の前にあるその項を見ながら、なんと美しいひとなんだろうと見惚れてしまいました」

小林秀雄　「僕、小林といいます。申し遅れました」

長谷川泰子　「ああ、あなたが。聞いております。私、泰子といいます。中原は奥の部屋におりますわ」

語り部　「この時中也は奥の四畳半の部屋で本を読んでいました。これが泰子と小林の初めての出会いでした。小林と中也はお互いの住まいを訪ね合って、議論を繰り返しました。この頃の中也はどこにも入学せず中野に越していましたが、そこから小林の家の近くの高円寺に越しました。二人は近くなったこともあり、益々議論する機会が多くなりました。小林は東京大学仏文科の学生で二十三歳、中也は十八歳でした」

長谷川泰子　「二人は本当に真剣勝負の議論をし、理解し合うということは、おざなりに仲良くしていることではないんだなって、私、教えられました」

語り部　「その頃の泰子は特別何かをしているでもなく、何とかしなければ、と身の振り方を考え始めているところでした」

長谷川泰子　「このままではいけない。縁あって中也さんと暮らしているけれど、これは仮の姿だと思う。中也さんに身を任せる時、私の心はいつも拒絶している。心と体が二つになっている。これは偽りだ。ここを出て、独り立ちしなければ、女優を目指して再出発をしなければ……」

語り部　「或る日、中也が今後の身の振り方を相談するため、郷里山口に帰っている時です。その不在を狙って小林秀雄が訪ねてきます。泰子は妙に心の浮き立つのを覚えます」

長谷川泰子　「あらあ、小林さん、知らなかったの。中也さんは今実家の方に……」

小林秀雄　「知ってるよ。僕は、泰子さん、君に会いに来たんだ。上がってもいいかい?」

長谷川泰子　「それは困るわ。中原がいないんですもの」

小林秀雄　「そうか。それじゃ、外で逢ってくれるかい?」

長谷川泰子　「そんな……」

語り部　「結局、泰子は小林の思いを受け入れ、外で逢うようになりました。中也に隠れてのデートでしたが、何かが変わる、という強い期待がありました。そして、ついに小林から大島への旅行に誘われました。この誘いを受けるということは、中也の元を離れるということです。泰子は悩みました。悩みぬいた末に、中也を捨て、小林の許に走る決心をしたのです。十月十日午後一時、二人は品川駅で落ち合うことにしました。中也がいないのをこれ幸いに、泰子が家を出ようとした時、中也が帰ってきました。完全に出鼻をくじかれてしまいました」

中原中也　「どうしたの？　さっきからうろうろして、なんか落ち着きがないようだけど、どこか具合いでもわるいの？」

長谷川泰子　「ううん、中也さんが帰って来たばかりで、出かけ辛かったけど、やっぱり、ちょっと出かけてもいいかしら」

中原中也　「構わないさ。僕もこれから机に着く用があるから」

語り部　「こうして泰子は、小林が待っているはずの品川駅に急ぎましたが、着いたのは一時間遅れの二時、小林は待ってはいませんでした」

小林秀雄　「彼女は来なかった。私はもう自分のしていることが正しいのか、悪い事なのか、分からなかった。自分を客観視する力を失っていた。私は泣いた。苦り切って泣いた。俺はどうなるか、どうにもならないことは確かだ」

語り部　「小林は泰子にふられたと思った。大島に向かう船中でも、雨にけぶる三原山を見やりながら、身の置きどころのなくなった自分を責めていました。その足で、東京から遠ざかろうと、関西に向かうのですが、途中で病に倒れ、東京に戻り入院したのです。急性盲腸炎でした。それを聞きつけた泰子は、すぐに見舞いに行きました。病室には看病に来ていた小林の妹・富士子がいました」

小林富士子　「中原さんの奥さんが、お見舞いに来てくださいました」

小林秀雄　「えっ、泰子さんが？」

小林富士子　「お一人で来られたようです」

小林秀雄　「そう。とにかく、入ってもらって。あ、そう、羊かんでも切ってきてくれないか」

小林富士子　「はい……」

長谷川泰子　「おかげんは如何ですか？」

小林秀雄　「そんなことより！」

長谷川泰子　「ごめんなさい。本当にごめんなさい……」

小林秀雄　「一人で来たようだけど、どういうつもり！」

長谷川泰子　「許してもらえないかもしれないけど、でも、許してもらおうと思って」

語り部　「小林秀雄は泰子の顔を見た途端、泡立つ怒りがこみあげてくるのを覚えたが、同時にまだ気持ちが繋がっているという喜びも感じたのです。泰子の話を聞く気になり、その目をしっかりと見つめて聞きました。泰子は家を出ようとしたその時、中也が帰ってきて、出損なったことを話しました」

小林秀雄　「そうか、そうだったのか。僕はてっきり土壇場で裏切られたのかと思った。悪かった。君を疑ったりして」

長谷川泰子　「私の方こそ心から謝ります。ぎりぎりまで中原にばれないようにしたのが、遅れた原因だもの。あなたの気持ちを、いや、私の気持ちを信じ切っていなかったのかもしれない」

小林秀雄　「よし、一緒に住もう！」

語り部　「泰子が大きく頷いたところへ、正岡忠三郎が富永太郎の死を知らせにきました。正岡はそこに泰子が一人で来ていることに、おや？　と一瞬驚いたのでした」

小林秀雄　「無念だな。富永さん、無念だ、僕の再出発の日に」

語り部　「富永太郎は小林秀雄が主宰する同人誌［山繭《やままゆ》］に参加していました。泰子が帰り、いくつかの打ち合わせをした後、正岡忠三郎も帰りました。富士子と二人になると小林は、ベッドに正座して富士子に話しかけました」

小林秀雄　「富士子、お前によくわかって貰わなくっちゃならないことがある」

語り部　「兄が改まった顔で切り出したので、富士子は兄の前に椅子を引き、畏まって坐りました」

小林秀雄　「あの女《ひと》と一緒に住むことにしたから、家を出る」

小林富士子　「兄さん、何を言ってるの。あの人って、あの女《ひと》？」

小林秀雄　「そう、あの女《ひと》」

小林富士子　「まさか、他人の奥さんを！」

小林秀雄　「他人の奥さんじゃない。縁があって同棲しているだけだ」

小林富士子　「なにも、よりによってそんな人と……」

小林秀雄　「出会ってしまったんだ。好きになってしまうと、煮えたぎったお湯の中でも飛び込んでしまうものらしい」

小林富士子　「呆れた話だわ。じゃ、私たちと一緒に住めばいいじゃない。私だって、お母さんだって、兄さんが好きな人なら、好きになれるとおもうわ」

小林秀雄　「実際生活となると難しいと思うよ。なかなかうまくゆかないよ。とにかく、承知してくれ」

小林富士子　「それは酷いよ。お母さんや私はどうなるの」

小林秀雄　「家を出ると云っても、すぐ近くに住むつもりだから、そう心配することはないよ」

語り部　「小林は新居に用立てるため、父の遺品と蔵書を売り払い、病身の母と妹を馬橋の家に残したまま、泰子との生活に踏み切ったのでした。小林秀雄の父・豊三は秀雄が一高に入った年に他界し、母・精子はその後の無理がたたって、喀血《かっけつ》してしまいました。胸を患いながらも、なお、仕立物をして家計を支えていました。そんな母のことを富士子は心配したのです。この時、小林は東大仏文科の学生でした。しかし、ともあれ、小林と泰子はこうして一緒に住むことになったのです。泰子が中也の元を去る日のことです」

長谷川泰子　「私、小林さんとこに行くわ」

中原中也　「ふーん。そうか……」
語り部　「と、別に驚いた風もなく、机から目を離さず、書き物を続けていたのです」
長谷川泰子　「荷物は一度で持ってゆけないから、残りはまた取りにきます」
中原中也　「ああ、いや、後で僕が届けてやるよ。中野に引っ越すときにね」
語り部　「泰子は驚いた。というより、拍子抜けがした。一波乱あることを覚悟していたのですが、こうもあっさり出してくれるとは、思ってもみないことでした。中也は約束通り、自分の引っ越しのついでに泰子の残したものを、小林秀雄と泰子の新居に届けました」
中原中也　「持ってきてやったよ。これだけで、いいんだね」
長谷川泰子　「ごめんなさい。すみません」
中原中也　「じゃ」
語り部　「中也は上がり框に荷物をおくと、すぐに帰ろうとしました。ところが、泰子が」
長谷川泰子　「ちょっと、お上がりになって、お茶ぐらい出せるわ」
語り部　「すると、奥の部屋で本を読んでいた小林秀雄も」
小林秀雄　「上がってくれ、なにもかまえないが」
語り部　「この時中也は、泰子が自分にとってどのような存在なのかは、よく分かっていなかったのです。自分の人生にとっては、何の役にもたたない、いてもいなくてもよい存在位にしか思っていなかったのです。中也は誘われるまま、上がりましたが、当然、座は白け切っています。すると中也は、皮肉っぽい捨て台詞を残して座を立ちました」

中原中也　「よう、小林、よくぞ、俺のお荷物を引き受けてくれたな。礼を言っとくぜ」

語り部　「酒を呑んだ時のようなやくざな言葉でまくしたて、玄関を出ると、空には寒々とした冬の月が浮かんでいました。郊外電車の轍《わだち》の音が、暗い遠くの森の方から聞こえてきます。中也は身震いをし、肩を竦《すく》め、歩き出しました。電車には乗らず、開墾されたばかりの野の中の道を歩きながら、中也は叫びました」

中原中也　「ばかやろう！　俺は棄てられたのだ！　俺はすてられたのだ！」

語り部　「漸《よう》く引っ越したばかりの家に辿り着くと、まだ、荷物は梱包されたままです。中也はその中から、聖書を取り出すと、一晩中これを読み続けました。この新居は小林秀雄の実家のすぐ近くで、泰子と二人で住み、小林との昵懇《じっこん》をさらに深めるつもりだったのですが、まさか、こんな展開になるとは……」

中原中也　「あの時、僕は丁度泰子に退屈していたところで、出て行ったくれることにホッとしたのだった。なるほど、泰子も僕に退屈していたのだろう。しかし、後になって泰子が僕の一部であったことを思い知るのだ。空気のような存在だったのだ。傍に居ても全く気にならない存在だったが、居なくなった途端に僕は息苦しく、窒息しそうになった。僕は自己を失った。僕はもうただ口惜しかった。友人に愛する人を奪われた僕は、口惜しき人、そのものだった」

語り部　「中也はどうしても泰子を諦めきれなくなったのです。何かにつけて小林の住まいを訪ね、今まで通りの夫の振る舞いをしたり、小林に皮肉を言ったり、時には大暴れをすることもありました」

長谷川泰子　「昼間は小林は学校に行って留守なんですが、そんな時中原が来て、復縁を迫るんです。拒否して、殴られたこともありました。だけど、私は中原に悪かったと思ったことはありません。ただ、お互いが行きたい方向に行ったんだから、それでいいんじゃないかという気持ちでした。ところが或る日、私が台所にいる時、中原がやってきて、私に無視されたのを怒り、暴れたんです。私は裏窓に吹っ飛び、窓ガラスに首を突っ込んだことがありました」

語り部　「こんな事が重なるうちに、泰子は精神的におかしくなってゆきます。母から受け継いだ血の不安定な要素が表に出てきたのかもしれません。顔を洗うために洗面器に水を入れても、その水が不潔に思えて、何回も何回も入れ替えて、少しも顔を洗うことが出来ません。着物についた埃が気になりだすと、何回も何回も拭き取り、いつまでも気持ちが悪くて仕方がありません。極度の潔癖症で、それを小林にも押し付けるようになりました」

長谷川泰子　「どこに行っていたの？　ねえ、何をしていたの？　私の靴、磨いてないでしょ。障子だって埃があるわ。こんなんじゃ、私、一緒に住めないわ！」

小林秀雄　「いつものように大学に行って、家庭教師のアルバイトをして、それでまっ直ぐ帰ってきたんだよ。靴はすぐ磨くよ。障子廻りも掃除をするからね」

語り部　「小林はなるべく泰子の機嫌を損ねないように、しもべのようにふるまっていました」

長谷川泰子　「小林は私の潔癖症が治るようにと、色々と苦心してくれました。時々外へも連れ出してくれました。私は小林といると安心して、気持ちも落ち着くのですが、一人になると不安で何も出来なくなります。お便所にも行けなくなるんです」

語り部　「小林は泰子を一人にしておくのは良くないと思い、実家の母に預けました。母も妹の富士子もなんとか泰子の病を治そうと気を使いました。母の精子は信心深い人で、泰子に天理教や世界救世教等を紹介し、更には名前が悪いのではないかと、わざわざ名古屋の哲学姓名判断に問い合わせ、小林佐規子と改名しました。それでもいっこうに良くなりません。母親も気を使いすぎて体調を崩してしまい、これではまずいと、小林は佐規子を連れて鎌倉に引っ越します。一方中也は」

中原中也　「天賦の才能を持った詩人だけが、人間の偶然を、神の必然として歌うことができる。私はしっかり前方を見詰めることができ、自己統一ある奴という確信があった。その確信が完全に揺らいだのだ。神の必然を歌うべく、選ばれた詩人であるはずの私が、泰子の動きによって、もろくも崩壊したのだ。私は泰子を内包した自己統一の平和に浸っていたのだ」

語り部　「中也はこの頃から、長時間の散歩と読書と日記に没頭し、自己を律しようとしました。読書は夜中、朝になって寝て、正午ごろ起きて、それから夜の十二時頃まで歩きました。そんな繰り返しの日常の中、〈朝の歌〉という詩を書き上げました」

「朝の歌

天井に　朱《あか》きいろいで
　戸の隙を　洩れ入る光、
鄙《ひな》びたる　軍楽の憶《おも》ひ
　手にてなす　なにごともなし。

小鳥らの　うたはきこえず
　空は今日　はなだ色らし、
倦《う》んじてし　人のこころを
　諫めする　なにものもなし。

樹脂の香に　朝は悩まし
　うしなひし　さまざまのゆめ、
森並は　風に鳴るかな

ひろごりて　たひらかの空

中原中也

土手づたひ　きえてゆくかな
うつくしき　さまざまの夢。」

語り部　「中也はこの詩を書き上げたことで大きな自信を持ち、詩人として立つことを改めて決意したのでした。そして、どうしてもこの詩〈朝の歌〉を小林秀雄に読んでもらわなければならないと思いました」

中原中也　「鎌倉はどうだ」
小林秀雄　「ああ、建てたばかりの建物に間借りしたから、快適だ」
中原中也　「転地療養というところだろうが、うまくいっているのか」
小林秀雄　「佐規子の方は、いっこうにダメだ。一人になると便所にも行けず、暗くなっても、電気もつけず、座ったところを動かないんだ。怨念を感じるよ」
中原中也　「怨念？　俺の恨みのせいだというのかい」
小林秀雄　「君の所にいた時は、自由奔放に明るかった。その彼女が俺を選んで、俺のところに来た。もっと明るく自由になるはずだ。だが、君が彼女を追い廻し復縁を迫るから、その強迫観念から彼女の精神のバランスが壊れた。俺はそう思う」
中原中也　「だから、俺の所に居れば何ごとも起こらなかった。彼女をそうしたのは、結局、君自身さ」
小林秀雄　「じゃ、何故彼女は俺を選び、君から離れた？」

中原中也　「気まぐれさ。退屈してたんだろう。俺も彼女には退屈していたからな。だが、それは川の流れに緩急があるようなものだ。丁度ゆったり流れているときだったんだよ。それが裏切りの理由にはなるまい」

小林秀雄　「そうだ。君から見れば裏切りかもしれない。だが、ずばり、君は嫌われたんだよ。はっきり言っとくが、俺が君に最初に会ったとき感じたのは、嫌悪感だった。話していくうちに魅力を感じた。彼女はその逆を辿ったのだ。最初は魅力を感じ、その内に嫌悪に変わった」

中原中也　「俺は嫌われたとは思っていない。俺が人に嫌悪感を与えるのは早熟のせいだろう。選ばれた人間だからさ。泰子はそれを知っている。嫌いになるはずがない」

小林秀雄　「今はもう泰子ではない。佐規子だ。確かに君は選ばれた詩人かもしれない。さっき読ましてもらった〈朝の歌〉という作品、深い抒情に裏打ちされ、見事だ。今まで読ましてもらった作品の中でも、もっとも優れていると思う。俺の立場では言いにくいが、人を失った悲哀が美しい。いい調べだ。君はきっともっと凄いものを書くだろう。だが、俺はもう君とは会いたくない」

中原中也　「会いたくない？　ばか言うな！　それは本来俺の言うセリフだ。盗人猛々しいとは、まさに君のことだ。いいか、ランボーやヴェルレーヌだけが詩人じゃないんだ。俺の詩を読まずに、文学を語れると思っているのか」

小林秀雄　「いや、これから益々君の詩は深く沈潜し、力を増すだろう。だが俺はいま佐規子のことでいっぱいなのだ」

中原中也　「文学は文学、女は女、それを分けられないのは三流だ。よかろう、こっちから絶交してやる！」

語り部　「こうして二人はしばらく会わなくなりますが、お互いの情報は共通の知人から聞き、それなりに把握していました。また、小林秀雄の書いた作品はすべて読み、その感想を書き送っていました。小林の進歩に刺激をうけていたのです。中也は富永太郎が死んだとき、二晩寝ずに太郎の作品や翻訳物を読み、整理しました。その時もフランス語を勉強しなければと強く思いましたが、小林秀雄と絶交したことで、フランス語に関する相談相手がいなくなり、アテネ・フランセで本格的に習う決心をしたのです。丁度この頃河上徹太郎と知り合います。河上が中也と会った最初の印象は」

河上徹太郎　「僕が初めて会った頃の中原は、丁度ヴェルレーヌの描いたランボーの肖像そっくりの格好で、真っ黒な服と真っ黒なワイシャツ、鍔の広い、山の低い御釜帽子、髪の毛を長く首のところまで垂らし、両手を上着のポケットに突っ込んで歩いていた。そして、人に会うとすぐに絡んで来て、実に傍若無人の付き合いをした。常に興味と嫌悪の交差した気持ちを感じながら、僕は彼の話を聞いていた」

語り部　「河上徹太郎は一九〇二年（明治三十五年）に生まれ、中学のとき富永太郎と同級生になり、一級下に小林秀雄がいました。この時二十五歳、中也より五歳年上です。

東京帝国大学経済学部に進みますが、ヴァレリーやヴェルレーヌ等を訳し、音楽評論などでも活躍していました。この河上徹太郎に諸井《もろい》三郎を紹介されます。諸井を紹介されたことで、中也の詩作人生が大きく変わります。中也と出会った時のことを諸井三郎は」

諸井三郎

「私がピアノに向かっている時でした、人の声がするので出てみると、異様な若者が立っていました。河上の紹介と云うので上がってもらうと、早速、芸術論が始まったのです。私も応戦しましたが、いつの間にか聞く一方になっていました。すると彼は自作の詩を朗読し始めました。低い声で、抑揚のうまい、素晴らしい朗読でした。私は感嘆の声を上げ、拍手をしてしまいました。彼は机の上に持ってきた詩稿の束を置き『おい、諸井、作曲しろよ』と言って帰ってゆきました。夜中の二時でした」

語り部

「諸井三郎は一九〇三年（明治三十六年）に生まれ、河上より一つ下、中也より四つ年上でした。旧制浦和高等学校から東大の文学部に進みますが、幼少からピアノを学んでおり、音楽で身を立てると決め、河上徹太郎たちと【スルヤ】という音楽団体を立ち上げていました。他のメンバーは長井維理、内海誓一郎、民谷宏、中嶋田鶴子、伊集院清三で、小林秀雄、今日出海《こんひでみ》、関口隆克《たかかつ》等も参加しており、詩の世界と同じように新しい音楽活動を繰り広げていました。団体を立ち上げた時の宣言文は、自他を問わず、形式を問わず、真に日本人の心臓に芽生えた音楽を日本人たる我々の手によって演奏したい、というものでした。諸井三郎は中也が置いて行った詩作品の中から、〈朝の歌〉と〈臨終〉を作曲し、後に長井維理の歌によって発表されます。またその詩は【スルヤ】の機関誌に活字として掲載されました」

「臨終　中原中也

秋空は鈍色にして
黒馬の瞳のひかり
　水涸れて落つる百合花
あゝ　こころうつろなるかな

神もなくしるべもなくて
窓近く婦《おみな》の逝きぬ
　白き空盲ひてありて
白き風冷たくありぬ

窓際に髪を洗へば
その腕の優しくありぬ
　朝の日は澪《こぼ》れてありぬ

水の音したたりてゐぬ
町々はさやぎてありぬ
子等の声もつれてありぬ
しかはあれ　この魂はいかにとなるか?
うすらぎて　空となるか?」

語り部　「中也は今までは、書いた原稿を持ち歩き、朗読したり、読んでもらったり、芸術論を語ったりして、その存在を知られていましたが、詩が活字になったのは初めてでした。その後、中也は【スルヤ】の会合に熱心に出席しました。中也二十一歳のとき父・謙助が死にます。【スルヤ】に載った中也の詩をいまわの病床で読み、涙を流して喜びました」

母・フク　「夫・謙助は五十一歳で亡くなりました。胃癌でした。一九二八年(昭和三年)中也が二十一歳の時でした。私は中也にお葬式には帰ってこんでいいと言ってやりました。長い髪の変な格好で、中也流儀で振舞われたんでは、どんなお葬式になるか心配だったんです。中也からは病気で帰れんという電報が届きました。私は長男を父親の葬式に出さなかったことを、申し訳なかったと後悔しております」

語り部　「一方、小林秀雄と佐規子つまり泰子はどうなっていたかと云いますと、鎌倉から逗子《ずし》に引っ越した後、東京の目黒に戻ってきておりました。佐規子の病気は結局治らないままです。小林の優しさに甘え切っており、その身勝手で傲慢な態度はエスカレートしていました」

長谷川泰子　「逗子から目黒に戻りますと、私は小林が家庭教師等のアルバイトで出かける時はお母様に預けられるか、河上徹太郎さんに預けられました。河上さんはよくピアノを弾いてくださり、はじめてモーツアルトやベートーベンを知りました。ご飯やケーキ等もご馳走になり、とても楽しい時間でした。小林は大学の授業やアルバイトが終わるとその帰りに迎えに来てくれました」

河上徹太郎　「彼女は丁度子供が糸電話ごっこして遊ぶように、自分の意識の片端を小林に持たせ、それをうっかり彼が手離すと錯乱するという面倒な病気を持っていた。彼は彼女の質問攻めから逃れるために、たばこを買ってくると云って、よく私の家にやってきて、頭を休めていた」

語り部　「小林と佐規子は目黒から東中野に引っ越します。小さな一軒家で同じ家が五軒並んでおり、隣に〈のらくろ〉の作者、田河水泡《たがわすいほう》が住んでいました。本名を高見沢仲太郎《なかたろう》と云い売れっ子の人気漫画作家で、小林の妹・富士子と結婚することになります。また、小林からフランス語を習うため大岡昇平が訪ねて来るようになります。この頃になると、中也もここに出入りするようになりました。絶交と云っても、中也が鎌倉に訪ねて行かなかっただけのことで、文学的交際は続いていたのでした。中也はこの小林の家で大岡昇平に会うのです」

大岡昇平

「私が小林さんの家に入っていくと、荒い紺絣《こんがすり》に黒の兵児帯《へこおび》を締めた、まず田舎の学生といった風の若い男が笑いながら何か喋っていた。中原と紹介されて、私はその外貌のあまりの平凡さに驚いた。その後私は彼がいかに非凡な人間であるかを充分思い知ることになるものではない。その日、彼の下宿に行き、そこに泊った。翌日また小林宅に寄り、それから渋谷の私の家に来て、その晩と次の晩泊った。三日三晩中原と話し続けたが話は尽きない。話は尽きないと云っても、実際は中原の独演で、私はただ聞き惚れていたにすぎない。私はそれまで読んだものをことごとく軽蔑していたが、生まれて初めて、私より卓《すぐ》れた人と話したのであった」

語り部

「こうして大岡昇平と中也は親しく行き来するようになりました。また、大岡は小林から佐規子を預けられることが多くなりました」

長谷川泰子

「大岡さんには映画を観に連れていってもらったり、中村屋に行ったり、時間を潰すためによく喫茶店廻りもしました。私は何もできないから、会計も大岡さんに任せ、ただついて歩きました。勿論、小林ともよく外出しました。キートンの喜劇映画に連れていってもらったこともあります。東中野には中原もよく来るようになり、みんなでお酒を呑みにいきました。お酒が入ると中原は人が変わりました。中原に何か言われると、私はかっとなり、言い返して喧嘩になってしまいます。

語り部　レストランでフォークとナイフでやり合ったこともありました。そんな痴話喧嘩めいたやり取りを小林は苦々しい顔でみており、うんざりしていたと思います」
「小林は佐規子の潔癖症の相手を精一杯勤めていました。靴を拭いたり、掃除をしたり、衣服を払ったり、外部的なことはまだよかったのですが、佐規子の妄想に付き合うとなると、精神的疲労は半端ではありません」

小林佐規子　「ね、わたし今どこにいると思う？」
小林秀雄　「自分の家」
小林佐規子　「パリよ！　フランスのパリ。どうして、私の居るところが分からないの！」
小林秀雄　「ごめん。まさか、そんなところに行ってるなんて」
小林佐規子　「私は今なんの音楽を聴いていると思う？」
小林秀雄　「モーツアルト」
小林佐規子　「ちがう！　ベートーベンよ！　もう、何一つ私のことを分っていないんだから！」
語り部　「心の中で思っていることを言い当てることはできません。しかし、言い当てて貰わないと佐規子は泣きわめき、地団駄踏んで、赤ん坊と同じになりました。そんな或る日、何人かで目黒を歩いている時、佐規子は例によって、ちょっとしたことでヒステリーを起し、小林を突き飛ばしました。そこへ路面電車が来たので、小林は危うく轢かれそうになりました」
小林秀雄　「どういう積りだ。俺を電車に轢かせようとした。こんなになっちゃあ、心中するか、

語り部　　俺が逃げ出すか、そのどっちかだ！」
長谷川泰子　「小林は本当にそう思い、怒りました。それから何日か経っての昭和三年五月二十五日ことです。佐規子が外出から帰ってきました」
小林秀雄　「私はその頃よく音楽会にも出かけていました。或る音楽会で建築技師の山岸光吉さんと知り合いになり、その夜、山岸さんに送ってもらいました。小林が机についている様子が窓から見えました。私はその窓に向かって『ねえ、私、送ってきてもらったから、お礼を言ってちょうだい』と声をかけました。すると、小林は」
長谷川泰子　「ありがとうございました！」
「というなり、窓をピシャリ！と閉めたのです。その態度に私は癇癪を起してしまい、部屋に飛び込んで『なんという態度なの。失礼でしょう！　あんたなんか嫌い、出て行って！』と叫びました。まさかとは思いましたが、小林はそのまま出て行きました。夜中の二時でした」
語り部　「佐規子はそのうち帰ってくるだろうと寝ないで待っていましたが、帰ってきませんでした」
小林佐規子　「秀雄さんがいなくなっちゃた」
語り部　「そう言って、佐規子は知り合いを探し回りましたが、どこにもいません。今日出海、大岡昇平、河上徹太郎や母・精子のところ、しまいには仕方なく中也のところへも行きました。みんなも心当たりを探しましたが見つかりません。中也も探し回ってくれましたが、実際はこのことを喜んでいるようでした。大岡昇平はそんな中也を見て、尊敬の念が嫌悪に変わりました」

大岡昇平　「中原、佐規子、小林の件については、小林の方が悪いと思っていたが、どうやら中原の被害者ぶって云うことを真に受けてはならないと思った」

語り部　「小林は、この時そのまま関西方面に向かい、奈良の志賀直哉にしばらくお世話になっていたのでした」

小林富士子　「兄・秀雄は神経症持ちの女との酷い生活のなかにあっても、不機嫌な顔、怒った顔はしなかった。たいていの人ならとても一緒にいられないところを、兄はよく辛抱して仕えていた。そうです。仕えたという以外適切な言葉が見つからない。兄にはこの女から来る苦しみよりは、もっと苦しいことがあったのです。それは、この恋愛のために傷つけた友人のことを思い、深く深く苦しんでいたのです」

語り部　「その小林佐規子つまり長谷川泰子は、小林秀雄が出ていった後も、同じ東中野の谷戸文化村に住み続けました。小林が帰ってくるかもしれないという思いもありましたが、実際には行くところがなかったのです。お金も全然持っていません。そんな泰子を見かねて、家主の松本泰夫妻が面倒をみてあげ、家賃どころか食事の心配もしてやり、更には仕事探しまでしてくれたのです」

長谷川泰子　「松本泰さんは、知り合いの小説家・邦枝完二さんに私のことを頼んでくれ、邦枝さんが、松竹蒲田の撮影所長・城戸四郎さんに合わせてくれました。それで松竹に入ることになり、田中絹江さんのご主人の清水宏さんが監督の〈山彦〉に出演することになりました。陸《くが》礼子という芸名ももらいました。しかし、なかなか監督の気に入る演技が出来ませんでした。二回目の出演映画は、どちらかというと端役でした。話が前後するんですけど、私がまだ小林と一緒にいたころ、新劇の【心座】に所属したことがあるんです。それは歌舞伎の河原崎長十郎さんが、池谷信三郎、舟橋聖一、村山知義さんたちとはじめた新劇です。今日出海さんが演出をしていたので、早速三姉妹の末娘の役がつきました。上二人の姉の役は、伊藤喜朔さんの奥さんの伊藤アツ子さんと花柳はるみさんでした。こうして、女優になりたいという夢に足を踏み入れるのですが、この時も、松竹映画のときも潔癖症に悩んでいる最中で、思うような演技が出来ず、次第に現場から離れてしまいました。でも、武者小路実篤さんに築地小劇場につれていってもらったり、滝沢修さんと知り合ったり、とにかく、中原さんや小林さんの繋がりから、いろんな人に知り合いが広がり、面倒をみてもらったり、お世話を掛けたりで、なんとか生き繋いできました。小林さんがいなくなった後は、また、中原さんがよく顔を見せてくれ、心配をしてくれましたが、私は小林さんのことを忘れることはできませんでした。私、二十四歳のころです」

「一九二九年（昭和四年）中也二十二歳。同人誌［白痴群］を創刊しました。中也を筆頭に河上徹太郎、内海誓一郎、村井康男、阿部六郎、古谷綱武、安原喜弘、

安原喜弘　大岡昇平、富永次郎の同人九名です。富永次郎は早世した富永太郎の弟です。また、安原喜弘は大岡昇平の紹介ですが、これを機会に中也にどこまでも付き合うことになります。安原は出会った時のことを」

語り部　「中原中也が初めてその仮借なき非情の風貌を私の前に現したのは、昭和三年秋のことでした」

「と云い、［白痴群］が創刊される少し前に知り合ったのです。メンバーは皆中也の交友であり、中也に敬意を払っている人たちでした。中也は発表する場所を得て、精力的に作品を書きます。二号、三号と号を重ねましたが、しかし、第六号の発行にあたっての編集会議で大岡昇平と意見がぶつかり、結局六号をもって［白痴群］は終わりとなってしまいました」

中原中也　「今まで五回、つまり五号の［白痴群］を発行してきた。最初の内は仕方がない。互いの力量、思想、どんな作品を持ってくるか。だが、君たちの作品を発表する姿勢は甘い。その甘さは号数を重ねても変わらない。どういう積りで作品を書き、どういう積りで発表している。まさか、遊びと思っているんじゃないだろうな！」

大岡昇平　「中原さん、それは言い過ぎだ。誰も遊びで作品を書くことはない！　それも、君に気にいられるために書くことは、更にない！」

中原中也　「俺に気にいられるように書け、と何時言った！　水準を超えろと言ってるんだ！　思想を磨けと言ってるんだ。俗から離れろと言ってるんだ！」

大岡昇平　「君に気にいられなければ、掲載できないというのであれば、これ以上続けられない！　俺は抜ける！」

語り部　「当時、大岡昇平、安原喜弘、古谷綱武、富永次郎は成城高校生でした」

大岡昇平　「中原はすでに十七歳の頃から詩を書いており、著作の経験から得た多くの堅固な思想を持っていた。私たちは何となく書いたものが活字になるのが嬉しいだけの学生だった。中原は書くことに人生をかけていた。その温度差が最初からあり、結局ついてゆけなかった」

中原中也　「僕はね、もの書きには順位というものがあると思っている。上位から言うと詩人、小説家、批評家の順だ。批評家は読者を惑わし、感傷的にする弊害があるだけだ。小説家は感じたあるがままのことを再現するのに意義を覚えるのはいいが、その立場は世界の外に位置している。ここに難がある。詩人は虚無の上に行為があり、その歌うという行為により、自らの存在の一部となり、かつ、存在を喚起する」

語り部　「中也は［白痴群］に多くの作品を発表したが、その中には、泰子への思慕を歌った詩篇もいくつかあります」

中原中也　「私はおまへのことを思ってゐるよ。いとほしい、なごやかに澄んだ気持ちの中に、
昼も夜も浸っているよ、
まるで自分を罪人ででもあるやうに感じて。

私はおまへを愛してゐるよ、精一杯だよ。
いろんなことが考へられもするが、考へられても
それはどうにもならないことだしするから
私は身を棄てておお前に尽さうと思ふよ。

またさうすることのほかには、私にはもはや
希望も目的も見出せないのだから
さうすることは、私に幸福なんだ。

幸福なんだ、世の煩ひのすべてを忘れて、
いかなることも知らないで、私は
おまへに尽くせるんだから幸福だ！」

語り部
「この頃中也は、フランスに行きたい思いや泰子への思い等を、盛んに安原喜弘に手紙を書きます」

中原中也
「安原喜弘様
久しぶりにバルザックを読んだ。ドストエーフスキなどよりよっぽどいい。とこ

ろで、高田博厚だが、フランスへ行くため後援会を計画している。僕も行きたい。泰子のことさえ忘れられれば、フランスに飛んでゆきたい！」

語り部　高田博厚は彫刻家で、中也の塑像を造った人物であるが、そのアトリエには中也も泰子も出入りし、ここでも二人が出会うと、すぐに大喧嘩をはじめた。そんな二人を高田博厚はあきれ顔で眺めていました

長谷川泰子　「或る日、私が一人で中村屋に入って行くと、そこに小林が来ていました。それまで奈良に逃げておりましたが、やっと帰って来たのです。小林は河上さんと一緒でしたが、私を見てなんともいえない顔をしていました。私もびっくりしてしまって、話らしい話はできませんでした。私はできれば小林とよりを戻したいと望んでいましたので、手紙を書きました。返事がきましたが」

小林秀雄　「中原がまだ君を思っているから、もとのような生活には戻れない」

長谷川泰子　「と云ってきました。私は小林が相手だと甘えてしまい、おかしくなってしまいます。小林もそれを分っているから、私から離れる決断をしてくれたのです。未練はありますが、それが一番良かったのだと思います」

語り部　「そうして一人になった長谷川泰子は、寂しさもあってか、よく呑みに出かけていました。相原良子がママの【ゆうかり】というバーは、林房雄や吉行エイスケ、谷川徹三、更には女性解放運動の［女人芸術］［火の鳥］などの同人も出入りしていました。［火の鳥］の同人は城夏子、村岡花子、小山いと子、小糸のぶ、古谷文子、

長谷川泰子

山川柳子等でした。泰子はこういった人たちと語りながら呑むのが好きで、おでん屋では三好達治と出会うこともよくあり、【暫】という飲み屋で出会ったのが、［火の鳥］の同人山川柳子の息子の山川幸世という築地小劇場の演出をしている男でした。新劇の女優になりたいという夢を持っていた泰子は、つい、気をゆるしてしまい、かなり遅くまで話し込んでしまいました。『電車が無くなったので泊めてほしい』と言われ、『いいよ』となんの警戒心もなく泊めてしまったのです」

「山川は柳子さんの息子だったので、私は子供みたいに思い、男だという意識を持たなかったのです。ところが、部屋に入るとすぐ襲ってきました。もちろん私はそれを拒み、部屋の中を逃げ回りました。でも、隣の部屋は襖で仕切られているだけで、別な人が住んでいます。夜中一時過ぎの騒ぎですから目を覚ますのは当たり前で、エヘン、エヘンと咳払いで注意を促してきます。それで思い切った抵抗もできず、諦めてしまいました。山川はそれ以来、時々私のところにやってきては関係を迫りました。中原がそれを知ったのです。中原はいつもなにかと私のことを気にかけ、つきまとっていました。私は中原に叱られ、殴られました。

山川は中原の出現に驚いていました。こんなになっても、私はまだ小林のところへ帰りたいと思っていました。でも、山川の子を身籠ってしまったのです。中原は山川に責任を取るよう迫りました。山川は左翼運動のため地下に潜るから、それは出来ない、と云って、私の元から去りました。私は不安を抱えたまま、男の子を生みました。中原は相変わらず心配をしてくれ、生まれた子供にも〝茂樹〟という名前をつけてくれました。私が仕事探しに出かける時は、茂樹と遊んでいてくれました」

中原中也

「嬰児

カワイラチイネ、
おまへさんの鼻は、人間の鼻の模型だよ、
ホ、笑ってら、てんでこっちが笑ふと、
いよいよ尤《もっと》もらしく笑ひ出す、おまへは
俺の心を和らげてくれるよ、ほんにさ、無精に和らげてくれる、

その眼は大人っぽく、
横顔は、なんだか世間を知ってるやうだ、
おまへを俺がどんなに愛してゐるか、
おまへは知らないけれど知っているやうなもんだ。

ホ、また笑ってる、声さえ立てて笑ってゐる、
そのやうな笑ひを大人達は頓馬《とんま》な笑ひだといふ。
けれども俺は知ってゐる、

生まれてきたことは嬉しいことなんだ
ただそれだけで既に十分嬉しいことなんだ

なんにもあせることなく、ただノオノオと、
生きてゐられる者があったらそいつはほんとに偉いんだ、
俺は知ってゐる、おまへのやうに
生きてゐるだけで既に嬉しい心を私は十分知ってゐる。」

語り部　「この頃、外国映画が盛んに輸入され、上映されましたが、ハリウッド映画のスターグレタ・ガルボという女優に似た女を募集したのです。長谷川泰子はこれに応募し、徳川夢声《むせい》等の審査を経て一等に輝きました。日活の主演女優として、映画を撮ることが約束されたのです。中也はこのことを京都の安原喜弘に手紙で知らせました」

中原中也　「泰子もこの頃では昇進して、グレタ・ガルボになりました。ご存知ですか。今度奴は主演で撮影するのだそうです。僕はちっとも会っていません。赤ん坊には時々会いたくなります。学校には欠かさず出ております。詩も書きます。三日に一度はお酒が入らないと、身も心もニガリきります」

長谷川泰子　「授与式は【帝国ホテル】で盛大に行われました。本来なら、これをチャンスに私

は長年の夢をかなえるべく羽搏《はばた》くところでしたが、日活の撮影所が京都にあり、私には子供がいたし、友達の少ない京都へいくのは気が重く、それにいつもは喧嘩ばかりする中原が傍にいなくなるのはとても考えられませんでした。私はやっぱり中原を頼りにしていたのかもしれません。結局、またとないチャンスを捨ててしまいました」

語り部

「長谷川泰子の応募写真を撮ったのは堀野正雄という写真家ですが、以前から泰子の不思議な魅力に気づき、彼女のスナップを色々撮っていました。その一部を『婦人画報』に発表し、『彼女は新しい女です。今の社会から考えたら、あまりにもかけ離れた世界に住んでいる女です。旧道徳から見ればかんばしいものではないかもしれませんが、私たちの未来の生活を暗示する何ものかを持っています』と紹介しました」

中原中也

「彼女の心はまっ直ぐい！
彼女は荒々しく育ち、
たよりもなく　心を汲んでも
もらえない、乱暴な中に
生きてきたが、彼女の心は
私のより真っ直ぐいそしてぐらつかない。

語り部

彼女は美しい。わいだめもない世の渦の中に
彼女は賢くつつましくいきてゐる。
あまりにわいだめもない世の渦のために、
折りに心が弱り、弱弱しく躁《さわ》ぎはするが、
而《しか》もなほ、最後の品位をなくしはしない
彼女は美しい、そして賢い！

嘗《かつ》て彼女の魂が、どんなにやさしい心をもとめてゐたかは！
しかしいまではもう諦めてしまつてさへゐる。
我利《がり》々《がり》々で、幼稚な、獣や子供にしか、
彼女は出遭はなかつた。おまけに彼女はそれと識らずに、
唯、人といふ人が、みんなやくざなんだと思つてゐる。
そして少しはいぢけてゐる。彼女は可哀想《かわいそう》だ！」

「一九三一年（昭和六年）中也二十四歳、二月に〈羊の歌〉を書き、京都の安原喜弘に送ります。四月には東京外国語学校フランス語専修科に入学します。五月に青山二郎を知ります。青山二郎は一九〇一年（明治三十四年）に東京・麻布の資

長谷川泰子

産家に生まれ、この時三十歳です。幼い頃から絵に才能を発揮し、中学生になると骨董品収集で名を知られるようになります。その鑑識眼は天才といわれ、また、本の装幀の方でもその才能を高く評価されます。住まいは四谷花園アパートで、部屋には古い壺や皿、時代物の道具等がそこらに置いてあり、一種独特の雰囲気がありました。そしてここに、昼も夜も、作家、絵描き、音楽家、編集者、陶芸家、骨董屋、待合の女将、バーの女給、その他数えきれないほどの多彩な人間が出入りし、誰とはなしに(青山学院)と呼び、レベルの高い文学サロンになっていました。中也と知り合ったのは、富永太郎、河上徹太郎、小林秀雄等が立ち上げた同人誌「山繭」を通し小林秀雄と知り合い、その流れから中也と知り合ったのでした。小林秀雄は青山二郎を尊敬し、彼の住む花園アパートに引っ越します。中原中也、小林秀雄、河上徹太郎、大岡昇平、三好達治、永井龍男、宇野千代、白洲正子、北大路魯山人等に混ざって、長谷川泰子も出入りするようになります。泰子は青山二郎に酒場【エスパニョール】という店を紹介してもらい、そこで働きます。給料が八十円ぐらいになったので、お手伝いを雇い、子供を預けることができました「お店が終わり、新橋駅のプラットホームの椅子に座り、ほろ酔い気分で〈夜のしらべ〉という歌を小さな声で歌っていたら、一人の男性が『いい歌ですね。とっても。それにしてもずいぶん遅いお帰りですね』と声をかけてきました。『ええ、あたしは【エスパニョール】という酒場に勤めておりますの。毎晩、最終電車です』

と答えたのですが、その後、お店に来てくれるようになり、お店の外でも会うようになりました。名前は中垣竹之助といい、歳は私より三つ年下でした」

語り部　「一九三一年（昭和六年）九月二十六日、中也の直ぐ下の弟、恰三が死にます」

中原中也　「僕が帰るまではそのままにしといてください。ちゃんとお別れして、僕が送ります」

母・フク　「中也はそう言って、東京からすぐに帰ってきました。そして柩の前に座ると長いこと恰三の顔を見詰めておりました」

中原中也　「こうちゃん、ごめんよ。お前には結局無理をさせてしまった。生き残って俺は何をしようとしているのか。すまない。あの世からでも、俺から奪えるものがあったら奪ってくれ」

中原中也　「一つのメルヘン
秋の夜は、はるかの彼方に、
小石ばかりの、河原があって、
それに陽は、さらさらと
さらさらと射してゐるのでありました。
陽といっても、まるで硅石《けいせき》か何かのやうで、
非常な個体の粉末のやうで、

されればこそ、さらさらと
かすかな音を立ててもゐるのでした。

さて小石の上に、今しも一つの蝶がとまり、
淡い、それでゐてくっきりとした
影を落としてゐるのでした

やがてその蝶がみえなくなると、いつのまにか、
今迄流れてもゐなかった川床に、水は
さらさらと、さらさらと流れてゐるのでありました……」

母・フク　「長男の中也が物書きに夢中であんなふうですから、父の謙助が死んだあと、恰三が一念発起したんです」
中原恰三　「お父さんが死んじゃったから、僕が頑張って医者になるよ」
母・フク　「そういって恰三は、傍にいるものが心配するほど勉強に打ち込みました」
中原恰三　「お母さん、僕はね、みんなが遊んでいる時こそ、勉強をしなけりゃいけないと思っているんだ」
母・フク　「寒い時でも、眠くなると氷を頭に乗せたり、足に乗せたりして人一倍頑張ってお

りました。体を壊さなければいいが、と心配はしました。しかし、頑張った甲斐があって、日本医科大学に受かりました。それで、中也が住んでいる西荻窪の借家に一緒に住むことにしたんです。こうして中也と恰三の同居生活が始まり、とても仲良くやってたようですが、半年程して恰三は肋膜炎を患ってしまいます。やはり無理が祟ったのだと思います。それで山口の方に連れ帰りましたが、良くなりませんでした。最後には肺浸潤を併発してこの世を去りました」

語り部　「中也は『死者は清純で、生き残った自分は図々しい』と自責の念にかられました。亜郎が死に、恰三が死に、自分もいつ死ぬか分からないという思いもあり、今まで書いた作品をまとめ、出版しようと考えます。そして購入希望者の予約をとりますが、申し込んでくれたのは友人数名だけで、もう一度予約を募りますがやはり駄目で、自費出版に考えを切り替えます。そして母から三百円を引き出します」

母・フク　「中也さん、あなたね、このままじゃ、中原家を潰してしまうがね。お金ばっかり使うて、稼ぎにならんことをいつまでやっとるつもりね。好きな詩をかくのはええけど、とにかく仕事につきなさい」

中原中也　「犬も猫も仕事などしとらん。人間だって、日常の利害、打算よりもっと価値のある普遍的な幸福というもんがあろう」

母・フク　「自分に都合のいい理屈ばかり言いなさんな。身を固めるか、仕事に就くか、どっちか約束したら出してやる」

中原中也　「どっちも努力するから、出してください。お願いします」

語り部　「こうして結婚するか、仕事につくかを約束する形で、当時、大卒の初任給が五十円位でしたが、三百円という大金を手にしたのでした。早速、青山二郎に紹介してもらった美鳳堂という印刷屋に『山羊の歌』と題した詩集原稿を持ち込みました。ところが、紙に凝り、校正も七回行うなど力を入れ過ぎて、この段階で三百円を使い果たしてしまいます。結局、製本にすることは出来ず、この詩集の出版を楽しみにして、最初から手伝ってくれていた安原喜弘に、印刷した紙と紙型を保管してもらうことになりました。中也はこの頃『白痴群』の同人だった阿部六郎の教え子の吉田秀和という学生を知り、交流を持つようになるのですが、その繋がりで高森文夫という吉田の後輩とも交流することになります」

中原中也　「高森君、俺は帰りたい。この儘《まま》じゃどうしようもない。故郷に帰って毎日規則正しい生活をしたい。床屋に行って将棋を指したり、祝祭日にはちゃんと旗をだすような平凡な生活がしたい。淋しさとはかけ離れた、孤独に落ち込むことのない、日常的な日常を送りたい」

高森文夫　「中原さん、帰った方がいいと思います。故郷は拒んではいません。それを拒んでいるのは、中原さん、あなた自身ですよ。日常を意味もなく過ごすことを、中原さん自身がもっとも嫌っている。そこから自分自身を解き放つことです」

中原中也　「そうしたいよ、高森君。批判しない頭、歩こうとしない脚、見ようとしない目、

語り部　聴こうとしない耳をこの俺にくれ！ああ、山口に帰りたい！かえりたいよお！」
「この頃、中也は高森文夫の伯母の家に下宿していました。或る頃から少しずつ精神状態がおかしくなり、極端に寂しがったり、物音に怯えたり、高森にも周りのものにも手に負えなくなりました」

中原中也　「あれは何の音だ？」

高森文夫　「あ、あれは向こうで家を建てている金槌の音ですよ」

中原中也　「やっぱりそうか。俺を閉じ込めるための牢屋を造っているんだ。いやだ。閉じ込められるのはいやだよう。助けてくれ。たすけてよう！」

語り部　「中也は、子供の頃よく親に叱られ、蔵に閉じ込められました。また、酔った勢いで渋谷の区議会議員の門灯を壊し、警察に留置されたこともありました。そんな影響もあり、潜在的閉所恐怖症になっていたのかもしれません。高森は青山二郎に相談したり、安原喜弘に来てもらったり、色々手を尽くしましたが、益々酷くなるばかりで、見かねた家主の高森の伯母が、中也の実家に連絡しました。すると中也の弟・思郎が迎えに来て、山口へ連れ帰りました。恰三の死や詩集『山羊の歌』の出版がうまくゆかなかったり、祖母のスエが亡くなったり、ただでさえ東京の生活に神経をすり減らしている中也の精神バランスは耐えられなくなっていたのでしょう」

高森文夫　「私が中原中也と最初に会ったのは、雪の降るとても寒い日暮れ時であった。吉田は居るか！　とまったく聞きなれない、不吉な予感さえする、しわがれた声が聞こえ、玄関を叩く音がしたので、そっとガラス戸を開けてみると、深い雪の中に一人の小柄な男が立っていた。雪明りの中に黒いソフト帽と黒い外套、青白い顔色、じっと見開いた黒い瞳、まるで難破船から這い上がってきた船員、というのが私の第一印象だった」

中原中也　「俺は中原だが、吉田はいるか」

高森文夫　「いえ、吉田君は留守ですけど、よろしかったら上がりませんか」

中原中也　「おう、そうか。じゃ」

高森文夫　「そう言って、彼はすぐ上がり込んできた。同居している吉田秀和を訪ねて来たのだったが、私自身、中原中也の詩にいたく魅了されていたので、これが中原中也か、とこの出会いを喜んだ」

中原中也　「ドイツ語の阿部ちゃん、阿部六郎、知ってる？　彼の所に酒のご馳走にあずかろうと思って行ったんだが、留守だった。あーあ、腹が減ったなあ」

高森文夫　「あの、よろしければこのパン、いかがですか」

中原中也　「あゝ」

高森文夫　「そういうと、彼はすぐパンを齧《かじ》り始めた。それからぼつぼつと話を始めた。初対面の彼に対して、出来るだけ丁寧な言葉を使っていたら、私を睨みつけるようにして」

中原中也　「君は俺に対してバカ丁寧な言葉をつかうな。俺はそのていねいな言葉と云う奴が大嫌いなんだ！　学級の徒には上下関係はない。みな同じ立場だ！」

高森文夫　「そんな調子の彼に私はどぎまぎしながら、同時に私の方もいちいちつっかかるような話し合いになってしまった。反発しながらも私は彼の異常につよい個性的な論理と話術に太刀打ちできない程魅了されるのをどうすることもできなかった。夜も更けてようやく腰を上げて帰るとき、千駄ヶ谷辺りの自分の下宿の略図を丁寧に描き」

中原中也　「ここに住んでる。ぜひ遊びにきてくれ。俺は淋しくて堪らないんだ」

高森文夫　「と云って、深い雪の中を帰っていった。深夜の雪の中を真っ黒い塊のように歩いてゆく彼の後ろ姿はいかにも淋しそうであった」

語り部　「高森文夫は一九一〇年（明治四十三年）高森家の長男として宮崎県日向市に生まれ、中也より三歳年下です。幼少より文学に親しみを持ち、殊にアントン・チェホフを愛読します。中也もチェホフの愛読者でしたので、すぐ話題になります。詩の方では東大仏文科を受験のため上京して、詩人・日夏耿《ひなつこう》之介《のすけ》の【黄眠詩塾】に入り、勉強します。中也が訪ねて来た吉田秀和は、中也にフランス語を習っていた謂わば中也の生徒だったのです。そんな縁で知り合ったわけですが、高森が東大合格のあと中也は帰省中の高森を訪ねて宮崎に行き、二人で青島、天草、長崎などを旅行して更に親交を深め、その流れで高森の伯母の家に下宿することになったのでした。また、母との約束もありましたが、それ以上に淋しさに耐えられないときがあり、色々な女性に結婚を申し込み、断られ、更に淋しくなったのもこの頃でした」

母・フク　「中也を結婚させたのは、一九三三年（昭和八年）の十二月、二十六歳の時でした。相手の上野孝子さんはその時二十歳、私の伯母の勧めでした。孝子さんは学校の成績は良かったし、とても奇麗な人でしたので、嫁に来てくれるか、心配でした。承知してくれた時には本当に胸を撫でおろしました。後になってそのお見合いのことを孝子さんは、笑い話で言っておりましたが」

妻・孝子　「私はあのお見合いの時、あの人は座っておったから、背が高いか低いか分からなかったんです。あの時立たしてみりゃよかったんですけどね。あんなに背の低い人とは思いませんでした」

母・フク　「そう言って、孝子さんは私たちを笑わせておりました。実際、結婚写真を撮るときは写真屋さんがいかに新婦を新郎より小さく見せるか、困り抜いておりました。披露宴は西村屋という温泉旅館を借りて、盛大に行いました」

中原思郎　「結婚式は、仲人に母の叔父は亡くなっていたのでその妻・マキさん一人、孝子さんの親戚は、孝子さんが幼少の頃両親が離婚し、孝子さんは遠い親戚に預けられて育ったので、親代わりに叔母の曲田万喜子と預けられていた遠縁の松永誠治の二人、中原家側は、養祖母のコマ、母・フク、私・思郎、呉郎、拾郎《じゅうろう》の五人だけと寂しいものでしたが、披露宴は中原家隆盛の頃の友人知人を集めて、二日二晩の盛大なものになりました」

青山二郎

「中原中也が結婚して花園アパートに越して来たのは、私がここに越してきてからまだ何か月も経っていなかった。新宿の花園に建っているこのアパートは三階建て三棟の膨大なもので、私はここに来る前は麻布に所帯を構えていたが、永井龍男が隣に越してきて、その文学仲間や同人誌［山繭］の小林秀雄、河上徹太郎等が出入りするようになり、みんなで毎晩のように飲み歩くか、我が家での酒盛りとなった。そんな中で中原中也とも知り合ったが、彼は実によく我が家を訪ねてきた。理論の展開は面白いが、酒癖が悪く、よく悶着を起した」

語り部

「青山二郎は舞踊家武原はんと結婚していましたが、文学仲間の出入りが激しく、議論に熱中すると取っ組み合いになったり、酒を呑んでの大騒ぎに、嫌気がさしたのか、家を出てしまいます。正式に離婚したのは、青山が花園アパートに越したあとでした。この花園アパートも中也が追っかけたのを始め、小林秀雄、永井龍男、河上徹太郎、大岡昇平等文学仲間を始め、様々な職種の人々が出入りするようになり『青山学院』と呼ばれるわけですが、そんな或る日、大岡昇平が愛人として銀座の美貌ホステス坂本睦子を連れ、青山二郎を訪ねて来ました。そこへ中也が鉢合わせをしたのです。この坂本睦子は、中也が結婚前にプロポーズして断られた一人です」

中原中也「おい、大岡、お前、どういう積りでこの女を俺の前に連れてきた！」

大岡昇平「あんたの前に連れて来たんじゃない！　青山二《にい》ちゃんを訪ねて来たんだ」

中原中也「俺に恥をかかせに来たようなもんじゃないか！」

大岡昇平「恥と云うのなら、自分の部屋にさっさと帰ったらいいじゃないか！」

中原中也「なにを！」

青山二郎「ちょっと待った！　まるで犬猿の仲だな。睦子さん、ここを治められるのは中原の奥さんしかいない。三階まで行って中原の奥さんをよんできて！」

中原中也「冗談じゃない。ここに孝子を呼んでどうなるというのだ。睦子さん、あんたが帰ればいいんだ！」

大岡昇平「何するんだ！　俺の女房を突き飛ばしたな！」

中原中也「何が女房だ。この野郎！」

語り部「二人は取っ組み合いの喧嘩になりました。誰かが三階まで走って、孝子を呼んできましたが、孝子にも治めることはできませんでした」

妻・孝子「私は主人と大岡さんの中に割って入ろうとしましたが、弾き飛ばされてしまい、他の人たちと同じように二人を眺める形になってしまいました。まるで大人と子供の喧嘩のようで、小さい夫が手を振り回しても届きはせず、じき大岡さんに組み敷かれ、足をバタバタさせながら、口だけは達者なことを叫んでいました。私はおかしくて吹き出しそうになるのを堪えるのがやっとでした」

語り部　「この坂本睦子と大岡昇平の関係は、大岡の手によって［花影］という小説になるのですが、この［青山学院］は、寄り集まってくるそれぞれの人が何かを孕んでいて、明日に向かっての坩堝《るつぼ》のようなものでした。宇野千代や白洲正子も青山二郎を師匠として、この中で揉まれたのでした。長谷川泰子も時折この仲間に加わりました。中也は何かにつけて泰子の世話をやき、子供・茂樹の面倒をみたり、関わり続けていましたが、小林秀雄は遇ってもただの知人という距離を保っていました。その小林も中也の結婚から遅れること五か月、三十三歳で森喜代美という女性と結婚し、鎌倉に移住しました。それから更に五か月後、中也に待望の長男・文也が生まれました。更に二か月後の一九三四年（昭和九年）十二月、青山二郎、小林秀雄の紹介で文圃堂《ぶんほどう》から詩集［山羊の歌］が漸く出版されました」

中原中也　「小林秀雄に紹介された中原だけど、君がこの有意義な出版を引き受けてくれた野々上君かね」

野々上慶一　「社主の野々上慶一といいます」

中原中也　「君イ、九州の天草に行ったこと、ありますか?」

野々上慶一　「え?いえ、ありません」

中原中也　「僕ねえ、この夏友人と行ったんだが、天草の女って赤の腰巻だけでズロースなんて履いていないと聞いていたんだがね、何のことはない、みんなズロースをはいていたよ」

野々上慶一　「そ、そうですか」

中原中也　「僕ね、宮澤賢治が好きなんだ。去年亡くなったことは残念に思っている。機会があったら会いたかった。あの宮澤賢治全集の装幀をイマージュして作ってほしいんだ。印刷までは済んでいるから、あとの表紙などこまごましたものは急いで準備する。ズロースじゃないけど、函もつけてよ。いい？」

野々上慶一　「え、あ、はい……」

中原中也　「じゃ、持ち込むからね。たのんだよ」

語り部　「表紙の文字は高村光太郎に書いてもらいました。限定二〇〇部、頒価三円五十銭、推薦者は高村光太郎、辰野隆、小林秀雄、三好達治、河上徹太郎でした。印刷してから二年三か月、待った甲斐がありました。出版だけでなく、販売も野々上慶一が引き受けてくれたのです。中也は献本先の宛名書きやサイン、発送準備を済ませるとその足で山口に向かいました。生まれた子供に会うためです」

中原中也　「名前は文也だ。この子の命は文なんだ。生まれる前から考えていた。詩を成し遂げるのは一代じゃ無理だからね。この子が続けて詩を歌ってくれれば、どれだけ深いものになることか。兎に角、命と云う奴は凄い。坊やを肩車して権現山に登ったんだが、肩にかかる重み、いいねえ。わかるかい？あの重くはないが温かい体温のある重さ、赤ん坊の体重。ほんとにいいねえ。可愛いもんだよ。大人のように分かったような理屈は言わないが、みんな知ってるね。言いたいことがあれば泣く。嫌だったら泣く。気持ちがいいと黙ってニコニコしている。生きるってことを知ってるね。赤ん坊は赤ん坊じゃないよ」

語り部　「中也は文也を可愛がり、詩を創作したり、ランボオの翻訳をしたりと、実家でもそれなりに忙しい時間を過ごしていましたが、まるで文也と入れ替わるように、養祖母のコマが亡くなりました。葬式などで中也は体調を崩してしまいますが、回復を待って、三月末一人上京します。妻子を迎えるための準備です。この頃、草野心平に誘われ、同人誌［歴程《れきてい》］に入会します。草野心平の中也の印象は」

草野心平　「あおい丸型のその顔は、時々鬼のようなきらめきやさびしさを入れ交えて、そして重く、私は一瞬深い印象を感じた。彼は［歴程］の朗読会にきてくれたのである。独りがらんとした部屋の椅子に腰かけていた。それからだんだん人々がやってき、彼は自作の詩を詠んだ。その読み方にまた魅了された」

中原中也　「サーカス

幾時代かがありまして
　黄色い戦争ありました

幾時代かがありまして
　冬は疾風吹きました

幾時代かがありまして
　今夜此処での一と殷盛《さか》り
　　今夜此処での一と殷盛り

サーカス小屋は高い梁
　そこに一つのブランコだ
見えるともないブランコだ

頭倒《さか》さに手を垂れて
　汚れ木綿の屋蓋《やね》のもと
ゆあーん　ゆよーん　ゆやゆよん

それの近くの白い灯が
　安値《やす》いリボンと息を吐き

観客様はみな鰯
　咽喉《のんど》が鳴ります牡蠣殻と

ゆあーん　ゆよーん　ゆやゆよん
　屋外は真っ闇《くら》　闇の闇
　夜は劫々と更けまする
　落下傘奴のノスタルヂアと
　ゆあーん　ゆよーん　ゆやゆよん」

語り部

「またこの頃、檀一雄、太宰治等とも知り合い、同人誌［青い花］の同人になるのですが、一九三四年（昭和九年）十二月終りの寒い夜、中也は草野心平と連れ立って檀一雄を訪ねます。すると、そこに檀一雄の親友太宰治が遊びに来ていたのです。中也が太宰に出会うのはこの時が初めてですが、太宰の方は中也のことを檀一雄に聞かされていたし、噂でも耳にし、作品も同人誌等で目にし、心から尊敬していたのでした。この時のことを、檀一雄は」

檀一雄

「四人で連れ立って【おかめ】という飲み屋に出かけて行った。初めの内は、太宰と中原は、いかにも仲睦まじ気に話し合っていたが、酔いが廻るにつれて、例の凄絶な、中原の搦《から》みになり、『はい』『そうは思わない』などと、太宰はしきりに中原の鋭鋒をさけていた。しかし、中原を尊敬していただけに、いつのまにかその声は例の、甘くたるんだような響きになる。『あい。そうかしら？』そんなふうに聞こえてくる。『何だ、おめえは。青鯖が空に浮かんだような顔しやがって。全体、おめえは何の花が好きだい？』太宰は閉口して『も、も、の、は、な』『なに、桃の花？　だから、おめえは……』とー」

中原中也　「だから、おめえは甘っちょろいんだよ。いいか、桃の花ってえのはな、女のケツみたいな甘ちょろい実をつける。伝統そのもの、概念そのものだ。おめえ、ももっていう字を知ってるか。百と云う字を二つ書く。な、百歳も二百歳も生きたいと言ってるようなもんだ。甘っちょろい！　いいか、原稿に向かえば、生きるか死ぬかだ。生きてる証しを原稿に刻印するんだ。それは生きてる瞬間、瞬間をつかむと云うことだ　この瞬間の〝痛み〟を摑んでみろ！」

語り部　「中也はそう言うと、いきなり太宰の頬をピシャリと殴りました」

檀一雄　「やめろ、中原、何をする！」

語り部　「こうして四人は、入れ混じっての取っ組み合いになりました」

檀一雄　「気が付いてみると、私は草野心平氏の蓬髪《ほうはつ》を握って摑み合っていた」

語り部　「こんな出会いでしたが、その後も太宰は時々中也の住まいを訪ね、刺激を受けていました。中也も太宰も実家の脛《すね》かじりで、毎月百円以上の仕送りを受けて、原稿用紙に向かう状況で、背負うものが似通っていましたが、太宰は中也と話すたびにねじ込められるので、次第に離れてゆきます。『中原はなめくじみたいな奴だ』と言うようになりますが、中也への敬意は変わりませんでした。さて、ところで、

長谷川泰子

この頃の長谷川泰子はどうしていたでしょうか。中也は何かにつけ、泰子のことを思い、茂樹のことも気にかけており、よく保護者のようなハガキを送っていました。それは結婚してからもかわりませんでした。

「新橋駅のプラットホームで出会った中垣竹之助は、結婚していて、その時別居中でした。離婚手続きの最中で、半年ほど私の前に現れませんでした。再び私の前に現れた時に、離婚は成立し、その手続きも全て終わった、と云い、正式に結婚を申し込まれました。私は中垣との結婚に躊躇しました。そして、中原とのこと、小林とのこと、山川幸世、そして茂樹のこと、潔癖症のことなど全てを話し、結婚は無理です。結婚はしません、と断りました。すると彼は、『すべて分かった。兎に角、いけるところまで行ってみよう』と言ってくれました。私はそう言われて、なるほど、それはうまい言葉だと思いました。いけるところまで行ってみるのなら、行ってみようか、そう思い、結婚を承諾しました。すると中垣は私の借りていた永福町の家に自分の荷物を持ってきて、一緒に住むことになりました。毎朝、中垣は会社に出かけるのですが、彼が京橋にある石炭問屋の社長だとは全く知りませんでした。真面目で優しい人であればそれでいいと思っていましたし、彼も自分のことはあまり話さなかったのですが、或る日、正式に結婚したいと申し込まれました。そして、田園調布の彼の家に越すことになりました。そこは二百坪の敷地に六十坪の家が建っており、庭も整備され、なかなかいい住まいでした。中原は永福町の私の住まいにも時々顔を出してくれ、茂樹の戸籍のことなど心配してくれたこともありました。田園調布の方にも訪ねてきました。中垣のことが気にいったようで、一緒にお酒を呑んだりしました。中原は酔うと西條八十《やそ》の〈サーカス〉という歌を、『この歌はいい』と言いながら、繰り返し歌っていました」

語り部　「中也は妻・孝子と息子・文也を迎えるため、花園アパートを出て、市谷に転居します。そこは孝子のお祖父さんの弟、つまり大叔父さんの敷地内にある二階建ての独立家屋でした。そして、詩集を出すのに三百円貰った時のもう一つの約束、就職の方も一応は努力します。その大叔父に紹介状をもらい、ＮＨＫを受験します。孝子の大叔父・中原岩三郎はＮＨＫの初代理事で、その斡旋となれば採用間違いなし、というところでしたが、中也は、忙しい仕事は嫌だから、玄関の守衛がいい、と希望し、結局採用になりませんでした」

母・フク　「中さん、お前、何を考えとる？　ＮＨＫは採用すると言うたそうじゃないの。それを、毎日仕事に出るのは嫌だと言ったそうね。女房、子供を養うのに、毎日仕事するのは当たり前じゃろう」

中原中也　「そうかもしれんが、もっと大事な仕事があるんじゃ」

母・フク　「詩を書いて、家族を養えるんなら、何も言うことはないよ。でもね、母さんの仕送りが無ければ、家賃どころかその日の食事もできやしないでしょ」

中原中也　「だから、俺に向いた仕事を探してる。この前も友だちから文化学園の先生をやらんか、という話があってね」

母・フク　「そう。それでどうなったの？」

中原中也　「それがさ、教壇の前にあるテーブルが胸のへんまであって高すぎるんだ。みっともないでしょう。それで先生は諦めました」

母・フク　「なにを言ってるの。下に大きな箱を据えてその上でおやりなさいよ！」

中原中也　「でもさ、その上からひっくり返ったら、それこそもっとみっともないでしょ！」

母・フク　「こんな具合で少しも真剣ではありません。親戚の金子という人の計らいで、私は読売新聞社を訪ねたことがありました。新聞記者なら書くことに繋がるから中也にも向いているだろうと、出版されたばかりの中也の詩集［山羊の歌］をもって、息子の就職を頼みましたが、駄目でした」

語り部　「しかし、この詩集［山羊の歌］はとても好評で、著名な詩人や批評家が、文学界、文芸、四季など様々な雑誌に論評を発表しました」

河上徹太郎　「私は彼に於いて初めて正しい抒情詩が日本語で歌われたものと認める」

小林秀雄　「中原の詩は傷ついた抒情精神というものを大胆率直に歌っている」

草野心平　「少年が常に彼の日常や思考の奥底で夕焼け小焼けを唄っているのだ。彼がこの国の真に純粋なそして傑《すぐ》れた抒情家である所以《ゆえん》はそこにある」

語り部　「と言った知人たちの論評ばかりではなく、室生犀星、萩原朔太郎、日夏耿之介、保田与重郎など幅広い評判を得たのでした。それに押されるように、中也の詩作や翻訳が更に勢いづきました」

中原中也

「六月の雨

またひとしきり　午前の雨が
菖蒲のいろの　みどりいろ
眼《まなこ》うるめる　面長き女《ひと》
たちあらはれて　消えてゆく

たちあらはれて　消えゆけば
うれひに沈み　しとしとと
畑の上に　落ちてゐる
はてしもしれず　落ちてゐる

　　　お太鼓叩いて　笛吹いて
　　　あどけない子が　日曜日
　　　畳の上で　遊びます

　　　お太鼓叩いて　笛吹いて

遊んでゐれば　雨が降る
糯子《れんじ》の外に　雨が降る」

語り部　「これは自信作で、第六回文学界賞を受賞するつもりになっていましたが、岡本かの子が受賞し、中也はおしくも選外一席でした。しかし、文也という分身を得た中也は、妻・孝子の支えもあり、とても安定した精神状態で次々に作品を発表し、翻訳の方も〈ランボウ詩抄〉を山本書店から発行し、更にフランス語にも力を入れます。読書量もぐんと増え、原書で読むようになります。疲れると、文也を相手に遊びます。或る日、野田真吉という早稲田大学の学生が遊びに来ていた時のことです。一緒に食事をしていると、文也がおならをしました」

中原中也　「あら、あら、行儀のわるいこと」
野田真吉　「と、中原さんは笑いながら、割り箸を半分に折り、両手に挟んでくるくる回しながら」
中原中也　「ペロペロの神様は　正直な神様　親でも　子供でも　屁をひった方へ　ちょいと向け」
野田真吉　「と中国地方のわらべ歌をうたい、割り箸の先端を文也に向けて止めました」
中原中也　「あら、坊やを指したぞ。わかった。おならをしたのは坊やだな」
野田真吉　「そう言いながら、子供の尻のあたりを嗅いで、嬉しそうに」

中原中也　「うんこだ、うんこだ。早くお母さんにオムツを取り換えてもらいな。ほら、孝子、文也がうんこしてるよ」

野田真吉　「中原さんは次の間に居た奥さんを呼び、いとしくてたまらない顔をして、子供を抱いて渡しました。この日の中原さんは私の忘れることのできない詩人中也像の一側面となっている。心の奥の願い、彼が再び帰りたい世界、再び住みたい、とり戻したい世界、いのちに満ちた世界への希求を示しているように思えたのです」

語り部　「この野田真吉という人は、一九一六年（大正五年）生まれで、中也より九歳年下ですが、中也は対等に話せる相手なら、年齢が上であろうが下であろうが気にしませんでした。野田真吉はドキュメンタリー映画作家として、映像面、言論面で活躍します。さて、中也はこうして文也を中心に順風が吹き、詩壇に注目を浴びながら、文筆活動に打ち込んでいましたが、ところが、二年ほど続いたこの勢いは、思いもしない大きな不幸に見舞われ、萎んでしまいます。最愛の息子・文也が死んでしまうのです。二歳になったばかりでした。中也は三日間徹夜で看病したのですが、駄目でした。小児結核という病名でした。この時、妻・孝子はお産のため入院していて家にいなかったのです」

母・フク　「私が文也の死を知らされて、思郎と一緒に山口から上京したのは、葬式の日でした。中也は遺体を抱いておりました。まあ、気が済むまで抱かしてやったらええじゃろう、とみんな黙って見ておりました。けど、中也はいつまでも抱いていて離さんのです」

中原中也　「文也、お前、眠っているんだね。親より先に死ぬなんて、いけないことだよね。文也、目を開けておくれ、泣いてもいいし、笑ってもいいよ。ほら、くすぐるぞ。つねっちゃおうかな。文也……」

母・フク　「そんなこと言うて、いつまで抱いていても、成仏できんよ。きちんと送ってあげましょ」

中原思郎　「兄・中也は文也の遺体を抱いて、中々棺に入れさせませんでした。それを母がもぎ取るようにして、棺に納めたのでした」

母・フク　「中也は文也の葬式を出した日から、仏様の前に行って、しきりに拝んでおりました。四十九日の間はお坊様にも毎日来ていただいて、お経を読んでもらっておりました。位牌は二階の六畳間に置いてありましたが、中也はそこから離れませんでした」

中原思郎　「兄は私を無視するように位牌の前に進み、頭を下げ、合掌し、位牌をじっと見つめ、また頭を下げ、線香が燃え尽す前に取り換え、時々息をハーと吐いていました」

語り部　「こうして、中也は次第に精神状態がおかしくなり、幻聴や幻視に襲われ、足音に怯えたり、白蛇が見えたり、ラジオに向かって頭を下げたり、普通でなくなってゆきました。丁度この頃、文也が死んで三十五日後になりますが、次男・愛雅《よしまさ》が生まれます。しかし、中也の精神状態は目が宙を泳いだり、突然空笑いをしたりと悪くなるばかりです。母・フクや思郎たちは孝子とも相談して、中也を千葉の

中原中也　神経科病院、千葉寺療養所に入院させました
「ちょっと診察してもらいに行こう、と母が言うので従いてゆくと、すぐ入院するようにと言われたので、病室に連れて行かれるのかと思って看護人についてゆくと、ガチャンと鍵をかけられてしまった。見回すとそこにいるのはみんな、呟いていたり、泣いていたり、笑っていたり、見るからに狂人ばかりであった」

語り部　「中也は母や妻・孝子にうまく騙されたような気がして、口惜しい思いをしますが、院長中村古峡の話を聞いて、この人は対等に話せる人だと思い、おとなしく従うことにしました。院長は中也に毎日日記を書くようにと言いました。日記療法ということで、書いた日記を院長が目を通し、その日の精神状態を計るのだそうです。中也は詩を書きました。自分は詩人であるということを示し、一日も早く出たかったのです」

中原中也　「私は外に出たいという気持ちをこめて、ここから見える外の景色を民謡風に千葉の言葉を使って書いた。それは、

丘の上サあがって、丘の上サあがって、
千葉の街サ見たば　千葉の街サ見たばヨ、
県庁の屋根の上に　県庁の屋根の上にヨ、
緑のお椀が一つ、ふせてあった。
そのお椀にヨ、その緑のお椀に、

雨サ降ったば、　雨サ降ったばヨ、
つやが一出る、　つやが一出る

というもので、その成果があったか、大部屋の精神科から個室の神経科に移された。

もう少しだ」

「中也は一九三七年（昭和十二年）一月九日に入院しました。文也が死んで二か月後、次男・愛雅が生まれて二十五日後です。それから三十七日間入院生活を送りました」

語り部

中原中也

「泣くな心

私は十七で都会の中に出て来た。
私は何も出来ないわけではなかった。
しかし私に出来るたった一つの仕事は、
あまり低俗向ではなかった。

誰しも後戻りしようと願ふ者はあるまい、
そこで運を天に任せて、益々自分に出来るだけのことをした。
さうして十数年の歳月が過ぎた。
母はただ独りで郷《くに》で気を揉んでゐた。

私はそれを気の毒だと思った。

しかしそれをどうすることも出来なかった。
私自身もそれで気を揉む時もあった。
そのために友達と会ってても急に気がその方に移ることもあった。

そのうちどうもあいつはくさいと思はれた時もあった。
あとでは何時でも諒解して貰へたが。
しかしそのうち気を揉むことは遂に私のくせとなった。
由来憂鬱な男となった

由来褒められるとしても作品ばかり。
人間はどうも交際《つきあ》ひにくいと思はれたことも偶にはあった。
それは誤解だとばかり私は弁解之つとめた。
さうして猶更《なおさら》嫌はれる場合もあった。

さうかうするうちに子供を亡くした。
私はかにかくにがっかりとした。
その挙句が此度の神経衰弱、
何とも面目ないことでございます。

今はもう治療奏功して大体何もかも分り、
さてこそ今度はほがらかに本業に立返りたいと思っても、
余後の養生のためなのか、
まだ退院のお許しが出ず、

日々訓練作業で心身の鍛錬をしてをれど、
もともと実生活人のための訓練作業なれば、
まがりなりにも詩人である小生には、
えてしてひょっとこ踊りの材料となるばかり

それ芸術といふものは、謂はば人が働く時にはそれを眺め、
人が休む時になってはじめて仕事のはじまるもの、
人が働く時にその働く真似をしてゐたのでは、
とんだ喜劇にしかなりはせぬ、しかしながら、

これも何かの約束かと、
出来る限りは努めてもをれど、

そんな具合に努めることは、
本業のためにはどんなものだか。

たった少しの自分に出来ることを、
減らすこととなるではあるまいかと、
時には杞憂《きゆう》も起るなれど、
院長に話すは恐縮であるし、

万事は前世の約束なのかと、
老婆の言葉の味も味はひ、
かうして未だに患者生活、
泣くな心よ、怖るな心　か。」

語り部

母・フク

「中也が千葉寺療養所を退院したのは、二月十五日です。実際には完治を院長が認めたのではなく、中也が自ら、もう治ったと申し出て、許可無しで退院してしまったのでした」

「中也は自分が精神病院に入院しているということに、どうにも我慢がならなかったんでしょう。それで病院を抜け出して、家に帰ってきたんです。そして、帰るなり嫁の孝ちゃんを酷くぶったそうです」

中原中也「あそこは頭のおかしくなったもんが入るところじゃ。お前たちは僕をだまして、あんなところに連れ込んだ。お前の夫は気狂いか！」

母・フク「そう言って、孝ちゃんはいじめられたようです。夫が病院から抜け出して帰って来たから、すぐ来てください、と連絡がありました。急いで上京すると、孝ちゃんは体のあちこちに包帯を巻いておりました。痣が出来る程ぶたれたようです。私も散々文句を言われました」

中原中也「お母さん、僕は詩を書いてる人間だよ。普通の人はみんな外回りを気にして生きてるんだ。外さえうまくやってれば、それでいいんだ。でもね、僕は逆だ。外より中が大事なんだよ。僕が普通の人と違ったことをしたり、言ったりしたからって、精神病院に入れることはないじゃないか。それもだましして！」

母・フク「それからの中也を見ていますと、精神的にはかなり安定しておりましたが、死んだ文也のことを思いだすといけないようでした。外を歩くと、この道は玩具屋があるから駄目だ、この道は薬屋があるから駄目だ、この道はお菓子屋があるから駄目だ、と文也と関りのあったところを避けて通ろうとして、結局、通れる道が無くなってしまうんです。こんな風で、住み慣れた市谷にはもう住んでいられない状態でした」

中原中也「お母さん、僕もお母さんの言うように、田舎に帰りたいと思うことがあります。

でも、どうしても今やっておきたいことがあるのです。それで、鎌倉に引っ越したいと思います。鎌倉は静かで僕によいだけでなく、愛雅坊やにもよいと思います。友達も何人か住んでいますし、よい選択だと思います。お金の方をどうかよろしくお願い致します」

母・フク

「中也は親を自分の財布のように思っておりました。何をするにも、何を買うにも金送れと言ってきよりました。京都に出た頃は、月々六十円送りましたが、他に本を買うからとか、引っ越すからとか、何かにつけて要求してきて、六十円が八十円になり、百円になり、百二十円になり、それでも足りないと言ってきよりました。まさか長谷川泰子という女性と同棲していることも知らずに、足りないと言われれば、勝手にしろというわけにもゆかず、送っておりました。結婚してからも同じです。中也に中原家は食い潰されるのではないかと、いたく気を揉んでおりました」

語り部

「中也が鎌倉に借りた家は寿福寺境内の中にあり、六畳二間と四畳半と台所のいわゆる別荘造りでした。中也はここで詩集［山羊の歌］の後に書いた作品をまとめ始めました。そして、散歩がてらに友人を訪ね歩きました。この頃鎌倉に住んでいたのは、小林秀雄、今日出海、大岡昇平、川端康成、林房雄等友人や同人仲間です。中也は小林秀雄を訪ねました。二人は比企ケ谷《ひきがや》妙本寺境内に、海棠《かいどう》の花を見にゆきました」

小林秀雄「私は中原と並んで石に腰かけ、海棠の花の散るのを黙って見ていた。中原も同じように黙って見ていた。その顔は憔悴《しょうすい》し、少し黄ばんでいた。花びらは死んだような空気の中を、まっ直ぐ間断なく落ちていた。樹陰の地面は薄桃色にべっとりと染まっていた。花びらの散るさまは果てしなく、見入っていると切りがなく、私は急に嫌な気持ちになってきた。するとその時――」

中原中也「もういいよ、帰ろう。まるで自分を見ているようだ」

小林秀雄「そ、そうか。何だか俺も同じことを考えていた。君は相変わらずの千里眼だよ」

語り部「小林はハッとして立ち上がり、動揺する心の中で慌てて言葉を探したのでした。それから二人は八幡様の茶店に寄りました。すると、中也はビールを一口飲んで」

中原中也「あゝ、ボーヨー、ボーヨー」

小林秀雄「え？　ボーヨーって、なんだ？」

中原中也「は、は、は。前途茫洋といったのさ。あゝ、ボーヨー、ボーヨー」

語り部「中也は悲しげな節をつけて、そう繰り返しました」

小林秀雄「私は辛かった。詩人を理解するということは、詩ではなく、生まれながらの詩人の肉体を理解するということは、なんと辛い想いだろう。そんなことを思って、彼を見ると、彼も私をチロリと見て――」

中原中也「鎌倉はいいな。森やお寺が沢山あって。京都も良かったけど、ここもいい。いや、やっぱり育った郷里が一番だな。思い切って、帰っちゃおうかな。実はな、生きて行く自信がないんだよ。いや、自信などというケチくさいものはないんだよ。ま、何とかやってゆくけどね」

中原中也「帰郷」

柱も庭も乾いてゐる
今日は好い天気だ
　椽《えん》の下では蜘蛛の巣が
　心細さうに揺れてゐる

山では枯れ木も息を吐《つ》く
あゝ今日は好い天気だ
　路傍《みちばた》の草影が
　あどけない愁《かな》しみをする

これが私の故里だ
さやかに風も吹いてゐる
　心置なく泣かれよと
　年増婦《としま》の低い声もする

あゝ　おまへはなにをして来たのだと……
吹き来る風が私に云ふ」

語り部　「中也は鎌倉に移ってきてからも、体調のいい日は余りなく、床を上げる日は極めて少なかった。それでも、フランス語を勉強し、作品の整理をし、読書もよくしました。死んだ文也のこともあり、読書は宗教書が増えていました。また、鎌倉で会えない友人達には手紙やはがきを書きました」

中原中也　「安原喜弘様、こちら鎌倉に来ましてから、少しずつ回復はしつつあるように思いますが、まだ一か月ちょっとなのに、もう二度も床に伏しました。シンが抜けたみたいになっているのです。ちょっと風のある日には喉の具合がわるかったり、町外れの田舎道を歩きながら、ふと自失状態になったりします」

中原中也　「河上徹太郎様、夕方になるといちはやく南の空に金星がでます。今日もやっと終わったな、そう思います。十月になったら田舎へ引き上げます。その去る気持たるや単純にして複雑、複雑にして単純です」

中原中也　「阿部六郎様、くにを出てから十五年になります。ほとほともう肉感に乏しい関東の空の下にはくたびれました。それに去年子供に死なれてからというものは、どんな詩情も湧きません。世の中なんて秩序の欠乏、非論理などに平然たる輩《やから》だけが生きてゆけるのに相違ありません」

中原中也　「母上様、毎日フランス語の勉強をしています。来年の四月頃までに訳して出す本、本屋と契約しました。帰ってからもぼつぼつ仕事はありましょう。また、日仏学館の通信講座で三年ほど勉強をするつもりです。僕はまだ三十歳、七、八年後にはまた文壇に顔出ししようと思っています。元気いっぱいですからご安心ください。僕の運勢は晩年はいいそうですよ」

母・フク　「中也はこれまでの生活を清算して、十月には山口に帰ろうとその準備をしていたようでした。ほんとうは山口には帰りたくなかったんでしょうが、なにか仕事に行き詰まりを感じていたんでしょう」

語り部　「中也は詩集『山羊の歌』以降の作品の編集、清書を終え、それを持って、小林秀雄の家を訪ねました」

小林秀雄　「彼は黙って、庭から書斎の縁先に入ってきた。黄ばんだ顔色と、子供っぽい身体に着た子供っぽい鼠色のセルの衣服、それから手足と足首に巻いた薄汚れた繃帯《ほうたい》、その姿には、彼の詩と同じように、言いようのない悲しみが果てしなくあった。丁度その時、一足先に中村光夫君が訪ねてきていた」

中村光夫　「九月二十六日の夜でした。僕が小林氏の書斎にいると、中原氏がひょっこり紙包みをかかえて姿を現しました。中原氏のやつれた顔には何かどきりとさせるものがありました。下駄を脱いで上がると、かすれた声でー」

中原中也　「やっとできたよ。次の詩集の草稿だ」

中村光夫　「そう言いながら紙包みを解くと、分厚い原稿をだしました。表紙に大きく詩集［在りし日の歌］と書いてあるのが、脇にいた僕にも見えました」

中原中也　「すまないが、預かってくれ。いよいよ決心がついたんだ。田舎に帰って、体調を整えて、県庁かどこかに勤めて、農村の衛生状態を観察して歩くような仕事をしたいと思っているんだ。あ、、勿論、フランス語の勉強は続けて、翻訳の仕事もするさ。気力が湧いたらまた詩も書くさ。しかし、この草稿を田舎に持ち帰っても、出版するチャンスはないからね。君に預けておけば、ずっとそのチャンスはある。詩集などというものは、ひょっとしたきっかけで出版が決まったりするものだからね。すまないが、よろしくたのむ」

中村光夫　「小林氏は手短に受け答えしながら、中原氏のあまりにも憔悴した様子、そのしわがれた弱弱しい声に、とても辛そうでした。話が終わり、座の空気が陰気に沈んでくると、中原氏は立ち上がって暇をつげました。急に足が不自由になったらしくびっこが目立つ中原氏を、門まで小林氏は送って行きました。別れて戻ってくると、しばらく顔を伏せたま、火鉢の灰を火箸で掻きならしておりました」

語り部　「それから十日程後に中也は横浜の安原喜弘を訪ねました。世話になった安原に故郷に帰る別れを告げるためでした」

中原中也　「君には本当に世話になった。兎《と》に角《かく》、田舎で体調を整え、元気になったら、また出てくるつもりもあるが、ま、その前に君が訪ねて来てくれるのを待ってるよ。

今は鐘の鳴るようなこの頭痛、電線が二つに見える目まい、それにちょいと無理すると直ぐあがる熱、俺を苛《さいな》んでいるこいつらと闘って、勝たねばならない。そのために田舎に帰るんだ。ぜひ、訪ねてきてほしい」

安原喜弘
「帰りは、バス停まで彼を送りましたが、歩くのもおぼつかない状態で、バスに乗ると、窓から振り返り、振り返り、やがて鎌倉の方へ去ってゆきました。なんだか、最後の力を振り絞ってきてくれたような、とても辛い気持が残りました」

語り部
「中也はそれから三日後の十月五日に発病し、翌日、鎌倉養生院に入院しました」

母・フク
「その報せを受け、私は思郎を伴い山口から鎌倉へと急ぎました。私達が病院に着いたときは、中也の意識は朦朧として、何を言うても分らんようでした」

語り部
「中也の病名は結核性脳膜炎でした。友人達が次々に見舞いに駆け付けました。小林秀雄は大学を休んで、付きっ切りで中也とその妻の孝子を励まし、河上徹太郎も毎日東京から通い続けました。泰子も夫・中垣竹之助同伴で見舞いに来ました。青山二郎も駆け付けました」

青山二郎
「私が駆け付けた時には、もう中原ではなく、脳膜炎でした。雑巾のように使い荒らされて、はっと思うような肉体が寝ていました。枕元にはしみじみとした顔をして小林が立っていた。その横に口をぎゅっと結んだ河上がいた。二人の肩越しに大岡と中村光夫の顔が覗き込んでいた。奥さんは胸のあたりをさすり、お母さんは手を取って指を揉んでやっていた。弟の思郎は私の前に屈むようにして、布団に手を入れ足をさすってやっていた」

中原思郎「青山二郎さんが来られて、しばらくして皆んな一緒に帰られました。まっ直ぐ帰るのではなく、どこかに寄られて、兄のことを話したのではないかと思います。兄は眠り込んだようにみえました。もう意識もなく、誰が声をかけても何の反応も示さなくなっていた状態でしたが、奇跡としか思えないことが起こりました。唇が動き、何か話そうとし始めました。すると今度は指が動きました。揉んでいた母の指を煙草と思ったのか、自分の指で挟み、弾いて灰を落とすような仕草をしました。そして、なんと『お母さん』と声を出したのです」

中原中也「お・か・あ・さ・ん」

母・フク「お、、ここにいるよ」

中原中也「おかあさん……」

母・フク「お母さんも孝子さんもここにいるよ」

中原中也「僕は本当は……」

母・フク「なんだね。本当はなんだね」

中原中也「本当は孝行者なんだよ」

母・フク「あ、、そうとも」

中原中也「今に・分る・時が・きます」

母・フク「しっかりおし。わかってるよ！」

中原中也「ほんとうに・こうこうもの・なん……」
母・フク「中也！」
妻・孝子「あなた！」
中原思郎「兄さん！」
語り部「中也の指は母の手から離れて落ちました。こうして中原中也はこの世を去りました。一九三七年（昭和十二年）十月二十二日午前〇時十分、三十歳でした。お通夜は二晩続けて行われました。小林秀雄、青山二郎、阿部六郎、関口隆克、大岡昇平、深田久弥等多くの友人達が別れを惜しみ、葬式が終わった後、もう一晩というこ とになったのでした。告別式には、草野心平、横光利一、中島健蔵、永井龍男、島木健作、吉田秀和、安原喜弘、諸井三郎、内海誓一郎、長井維理、野々上慶一など中也と真剣に語り合い、ぶつかり合い、成長した多くの人達が駆け付け、会葬したのでした。勿論、中垣竹之助夫妻も参列しました。泰子は息子・茂樹のことも忘れ、辺り構わず大声で泣いていました」
母・フク「私達は中也の遺骨を持って帰りまして、もう一度、湯田で葬式をやりました。家の菩提寺は吉敷の長楽寺ですが、お墓はそこに行く途中の経塚にあります。その墓石の【中原家累代の墓】という文字は、中也が中学の頃、父・謙助に命じられて書いたものです。中也の骨もそこに納められました」
中原中也「骨

ホラホラ、これが僕の骨だ、
生きてゐた時の苦労にみちた
あのけがらはしい肉を破って、
しらじらと雨に洗はれ、
ヌックと出た、骨の尖《さき》。

それは光沢もない、
ただいたづらにしらじらと、
雨を吸収する、
風に吹かれる、
幾分空を反映する。

生きてゐた時に、
これが食堂の雑踏の中に、
坐ってゐたこともある、
みつばのおしたしを食ったこともある、
と思へばなんとも可笑しい。

ホラホラ、これが僕の骨――
見てゐるのは僕？　可笑しなことだ。
霊魂はあとに残って、
また骨の処にやって来て、
見てゐるのかしら？

故郷《ふるさと》の小川のへりに、
半ばは枯れた草に立って、
見てゐるのは、――僕？
恰度《ちょうど》立札ほどの高さに、
骨はしらじらととんがってゐる。」

語り部　「中也が死んでから四十三日後、翌年の一九三八年（昭和十三年）一月四日、中也の血を引く次男の愛雅が、後を追うように亡くなりました」

母・フク　「考えてみますと、私は葬式ばっかり出しました。養父母と実母の三人、夫の謙助、息子も亜郎、恰三、中也と三人まで葬りました。それに、孫の文也、愛雅を加えると実に九回もの葬式でした」

語り部　「その年の四月、小林秀雄に預けられていた中也の第二詩集〈在りし日の歌〉が創

中原中也

元社から発行されます。装幀は青山二郎です。あとがきには――」

「詩を作りさえすれば、それで詩生活ということが出来れば、私の詩生活も既に二十三年を経た。もし詩を以て本業とする覚悟をした日から詩生活と称するなら、十五年間の詩生活である。私は私の個性が詩に最も適することを、確実に確かめた日から詩を本業としたのであった。私は今、東京十三年間の生活に別れて、郷里に引き籠るのである。さて、この後どうなることか……それを思えば茫洋とする。さらば東京！　おゝ、わが青春！」

〈参考文献〉

新編『中原中也全集』（角川書店）
大岡昇平著『朝の歌―中原中也伝』（角川書店）
『小林秀雄全集』（新潮社）
長谷川泰子述・村上護編
『中原中也との愛・ゆきてかへらぬ』（角川ソフィア文庫）
中原フク述・村上護編
『わが子中原中也を語る・私の上に降る雪は』（講談社）
青木健編著『年表作家読本・中原中也』（河出書房新社）
『中原中也全詩集』（角川ソフィア文庫）
『日本の詩歌』中原中也（中公文庫）
佐々木幹郎監修『別冊太陽・詩人中原中也生誕百周年記念』
福島泰樹著『中原中也帝都慕情』（日本放送出版協会）
青木健著『中原中也再見』（角川学芸ブック）
新潮日本文学アルバム『中原中也』（新潮社）
新潮日本文学アルバム『小林秀雄』（新潮社）

吉田　生編『中原中也必携』（学燈社）
河上徹太郎著『わが中原中也』（昭和出版）
大岡昇平著『中原中也の思い出』（ちくま日本文学全集）
檀一雄著『小説太宰治』（岩波現代文庫）
太田静一著『中原中也愛憎の告白』（自由現代社）
新文芸読本『中原中也』（河出書房新社）
堀口大學訳『ランボー詩集』（新潮文庫）
世界の詩集・金子光晴訳『ランボー詩集』（角川書店）

三章　金子みすゞ物語

方言監修　草場睦弘

登場人物　金子テル（金子みすゞ）
母・ミチ
祖母・ウメ
兄・堅助
弟・正祐
叔父・上山松蔵
夫・本宮喜啓
兄嫁・チウサ
西條八十
語り部

以上の登場人物で構成されています。
なお、この作品は文献を基にして創作したものです。

一

語り部

「金子みすゞは、一九〇三年（明治三十六年）四月十一日　山口県大津郡（現在長門市）の仙崎村において、父・金子庄之助と母・ミチの間に生まれ、テルと名付けられた。二歳年上には兄・堅助がおり、二年後には弟・正祐《まさすけ》が生まれた。

ここ仙崎《せんざき》村は、東西に８００メートル、北へ１０００メートル突き出た親指のような三角州で、当時は漁獲高も豊富で、捕鯨の港としても知られていた。

魚の命、クジラの命、漁師の命と、毎日行われる命のやりとりの中で成り立っている生活風土のせいか、この狭い村に、遍照寺、極楽寺、晋門寺など六つの浄土宗、浄土真宗のお寺があり、毎日お墓参りをするほど村民は信仰心が篤く、テルはそんな環境に育った」

テル

〈大漁〉
朝焼け小焼けだ
大漁だ。
大羽鰮《おおばいわし》の
大漁だ。

浜は祭りの
やうだけど
海のなかでは
何万の
鰮のとむらひ
するだらう。

語り部　「一九〇六年(明治三十九年)二月十日　テル三歳のとき、父・庄之助が満州で死んだ。元々は船で荷運びをする渡海船を生業としていたが、母・ミチの妹・フジの嫁ぎ先、上山松蔵が下関で書店経営に成功しており、この世話を受け、満州の上山文英堂に支店長として単身赴任していた」

上山松蔵　「義姉さん、すまんことをした。わしが清国に支店を出そうと考えたばっかりに……」

母・ミチ　「荷運び船じゃ、よう食えんかったところを、面倒をみてもろうたんじゃ。まさか、こうなろうとは、誰も思うちょりません。仕方ないです（泣く）……」

祖母・ウメ　「そうは云うてもな、南無阿弥陀仏、子供らが、なむあみだぶつ、可哀そうじゃのう、ナムアミダブツ……」

兄・堅助（五歳）「ねえ、お父ちゃん、どうかしたんか」
祖母・ウメ「満州で亡うなってしもうた。な、堅ちゃん、おまえはお兄ちゃんじゃ。しっかりするんじゃぞ。さ、テルもこっち来て、お仏壇の前に座れ」
ウメ・堅助・テル「ナムアミダブツ、ナムアミダブツ、……」
テル

〈おとむらいの日〉
お花や旗でかざられた
よそのとむらひ見るたびに
うちにもあればいいのにと
こなひだまでは思ってた。
だけどもけふはつまらない
人は多ぜいゐるけれど
たれも対手《あいて》にならないし
都からきた叔母《おば》さまは
だまって涙をためてるし
たれも叱りはしないけど
なんだか私は怖かった。
お店で小さくなってたら

家から雲が湧《わ》くやうに
長い行列出て行った。
あとは、なほさらさびしいな、
ほんとにけふは、つまらない。

上山松蔵　「義姉さん、段取りは付けたで。ここの場所は悪るかなか。店の名アは【金子文英堂】じゃ」

母・ミチ　「世話かけてばっかりで、すまんことです。じゃけど、着物縫うしか能のない私に、商いができるじゃろか」

上山松蔵　「【上山文英堂】でしっかり支えるけぇ、心配はいらん。おばあちゃんと二人でやるには、ちょうどええ広さじゃ。じき堅助も大きゅうなる。とは云うてもなあ、女手で三人の子を育てるのは、容易なこっちゃなか。まじめな相談じゃがの。正祐をうちで預からしてくれんかいの。フジはあのとおり病弱で、これから先も子供は望めん。義姉さんも妹の養子なら安心じゃろうが。な！」

祖母・ウメ　「じゃけど、テルが可哀そうじゃのう。父親が浄土の旅に出て、まだ一年もならんが。あれで結構仲よう遊んじょるしな」

語り部　「結局、弟・正祐は貰われていった。テル四歳のときのことである」

テ　ル

〈口真似〉―お父さんのいない子の唄―

「お父ちゃん、
　をしへてよう。」
あの子は甘えて
いってゐた。

別れてもどる
裏道で、
「お父ちゃん。」
そっと口真似
してみたら、
なんだか誰かに
はずかしい。

生垣の
しろい木槿《むくげ》が
笑ふやう。

二

語り部「一九一六年（大正五年）テル十三歳、大津高等女学校に入学。兄・堅助は瀬戸崎尋常小学校を卒業後【金子文英堂】で働きだす。テルは、卒業するまでの四年間、かなりの勉強をし、文章も機関紙［さみだれ］などに発表した。また、この四年間は度々下関から訪ねてくる弟・正祐と兄・堅助とテルの三人を中心に文学を語り合うサロンを開いた。このとき正祐はまだきょうだいであることを知らない」

正祐「雨が降ると、このあたり最悪じゃね。魚の腐ったような臭い、たまらんな」

テル「なに云うちょるん。正祐さん、音楽で命の尊さを表現する云うてたでしょう。仙崎のもんはみんな魚の命もろうて、生かしてもろとるんよ。その命の臭いを悪う云うて、どうするんね」

兄・堅助「下関は都会じゃ。慣れんと、耐えがたい臭いじゃろうよ。おれもテルも慣れてしもうて、何も感じんがの」

正祐「確かにテルちゃんの云うとおりじゃ。こういう生活臭の中から題材をつかみとらんにゃいかんの」

兄・堅助　「どうや。西条八十の〈カナリヤ〉みたいに、テルが詩書いて、正ちゃんが作曲したら、おもしろいもん、出来るんじゃないかね」

正祐　「面白そうじゃ。テルちゃん、やろうか」

テル　「お店に並んじょるやろ、［婦人公論］や［主婦の友］、今度［婦人倶楽部］ゆうのも出たんよ。あんなんに投稿するのも面白いかもな」

兄・堅助　「テル、お前、そんな大人の本も読んじょるんか」

テル　「手当たり次第よ。私、本に囲まれて、今、本当に幸せなんじゃけい」

正祐　「ようし、決めた。ボクの進む道は作曲だ。テルちゃん、いい詩たのむよ」

テル　「私、西條先生の〈村の英雄〉みたいな詩が書けたらいいな」

西條八十　〈村の英雄〉

村の大きな黒牛が
春の夕暮れ死にました
永年住んだ牛小舎の
寝藁の上で死にました
女やもめのご主人に
いつも仕えた忠義もの
朝晩重い荷を曳いて

くろはすなおな牛でした

お寺の鐘はなりません
けれども花は散ってます
村のやさしい英雄が
春の夕暮れ死にました

語り部　「一九一八年（大正七年）テル十五歳のとき、叔母・フジが死んだ。正祐は実の母と思って、嘆き、悲しんだ」

テル　〈夕顔〉
お空の星が
夕顔に、
さびしかないの、と
ききました。

お乳のいろの
夕顔は、

さびしかないわ、と
いひました。

お空の星は
それっきり、
すましてキラキラ
光ります。

さびしくなった
夕顔は、
だんだん下を
むきました。

三

語り部　「一九一九年（大正八年）テルル十六歳のときのことである」

母・ミチ　「下関は知っちょるとおり、目と鼻のさきじゃあね。寂しがることはないじゃろ。フジ叔母さんが亡うなって、松蔵叔父さんは大変なんじゃ。いくつも持っているお店に追われ、母さんが行ってやらんと、忙しすぎて、病気になってしまうがな」

祖母・ウメ　「松蔵さんには足向けて寝られんほど、世話になってるけえ、おまえが行くのは仕方ないけえど、テルを置いてゆくのは可哀そうじゃ。連れてゆけ。おまえが云いにくいのなら、わしから云うちゃる」

テル　「おばあちゃん、私なら大丈夫。一生懸命お兄ちゃんの手伝いするから、金子文英堂を三人で守りましょ」

兄・堅助　「テル、無理せんでもええぞ。俺も十八歳。一人前じゃ。下関に行ったほうが、お前のためになるかもしれんぞ」

テル　「お兄ちゃんが、お嫁さん貰うまでは、おばあちゃんと一緒に居《お》らせて」

祖母・ウメ　「テル、人一倍さびしがり屋のくせに、強がりいうて。ほんとにこの子は、やさしい子じゃのう……」

テル　〈鯨法会〉
鯨法会は春のくれ、
海に飛魚《と》採れるころ。

浜のお寺で鳴る鐘が、
ゆれて水面をわたるとき、

村の漁夫が羽織着て、
浜のお寺へいそぐとき、

沖で鯨の子がひとり、
その鳴る鐘をききながら、

死んだ父さま、母さまを、
こひし、こひしと泣いてます。

海のおもてを鐘の音は、
海のどこまで、ひびくやら。

語り部

「こうして母・ミチは、妹・フジの後釜として、上山松蔵の後妻となった。正祐にとっては、実の母が来たことになるが、まだ、伯母さんだと思っている。
テルが十八歳になった一九二一年の八月、上山松蔵が倒れ、九州大学付属病院に入院する。これをテル、一か月半付き添い看病する」

上山松蔵　「すまんな、テル。お前には辛い思いばかりさせて。ほんとうにすまん思うちょる。わしを恨んどるじゃろな」

テル　「なんで。なんで、私が叔父さんを、恨まんにゃならんのですか」

上山松蔵　「お父さんを死なせ、正祐を取り上げ、今度はお母さんまで……。お前にどれほど寂しい思いをさせていることか」

テル　「そんな。高等女学校まで行かせてもろうて。私らみんな叔父さんに生かしてもろて……。いつも、感謝しちょります」

上山松蔵　「そうかあ。お前はほんにやさしい子じゃのお」

テル　〈日の光〉
おてんと様のお使ひが
揃って空をたちました。
みちで出逢ったみなみ風、
(何しに　どこへ。)とききました。

一人は答へていひました。

（この「明るさ」を地に撒くの、
みんながお仕事できるやう。）

一人はさもさも嬉しさう。
（私はお花を咲かせるの、
世界をたのしくするために。）

一人はやさしく、おとなしく、
（私は清いたましひの、
のぼる反り橋かけるのよ。）

残った一人はさみしさう。
（私は「影」をつくるため、
やっぱり一しょにまゐります。）

語り部　「一九二二年（大正十一年）十一月三日　兄・堅助、大島チウサと結婚する」

兄嫁・チウサ　「私ね、一生懸命頑張るから、よろしくね、テルさん。お店のほうも今日から私出

　　　　　　るから」
兄・堅助　「なんもそう張りきらんと。店番はテルに手伝ってもろうちょるんやから」
兄嫁・チウサ「私、【金子文英堂】のおかみさんになったわけじゃし。裏も表もちゃんとやって、
　　　　　　盛り立てるの、当たり前じゃがね」
兄・堅助　「そりゃ、そうだけど……」
テル　　　「お兄ちゃん、私、決めちょったんよ。お兄ちゃんの傍にいるの、お嫁さんが来る
　　　　　　までじゃって……」
兄・堅助　「テル……」
祖母・ウメ「ナムアミダブツ、ナムアミダブツ。テルや、わしから松蔵さんにはよう話しちょ
　　　　　　いてやるけえな。まこと、働き者の嫁がきてくれて、万々歳じゃ。ハハハハ……（虚
　　　　　　しく笑う）」

四

語り部　　「一九二三年（大正十二年）四月十四日　テル、二十歳のとき、母や正祐のいる、
　　　　　　下関の【上山文英堂】に移り住む。すぐに、西之端町商品館内の小さな書店【上
　　　　　　山文英堂支店】の店番を任される。テルにとっては、もっとも有難い自由空間で、

本も読めたし、書くこともできた。
このころから〝金子みすゞ〟というペンネームで、雑誌に投稿を始める」

正祐　「ボク、毎日テルちゃんに会えるようになって、うれしい。けど、なんだか、毎日雲の上に乗っているみたいで、落ち着かん。いろいろ先のことなど考えると、ボクにとって、今が一番大事な時じゃないか、と思う。ボク、この際、思い切って、東京に出て、作曲の勉強をしてこようと、考えたんじゃが、テルちゃん、どう思う?」

テル　【文英堂】の跡取りに、そんなんゆるされる?」

正祐　「そりゃあ、親父は何とか説得するさ。跡を継ぐまでの自由時間を大事に使わんにゃあね。テルちゃんもいっぱい詩を書いてよ。約束だよ」

上山松蔵　「困ったことになったな。正祐はテルのことを、特別に思いはじめておるようじゃ」

母・ミチ　「すいません。ほんにややこしいことになってしもうて」

上山松蔵　「そろそろ商売の方を向いてもらいたい、と思うちょったが、東京に行くとはな。ま、この際、引き離しておいた方が、ええかもな」

母・ミチ　「いまさら、ほんとのこともなかなか云えんし……」

語り部　「五月二日に正祐上京し、その後〝金子みすゞ〟の投稿が盛んになる。[婦人倶楽部]

九月号に〈芝居小屋〉、[婦人画報] 九月号に〈おとむらい〉、[金の星] 九月号に〈八百屋のお鳩〉、そして [童話] 九月号に、西條八十選で〈お魚〉と〈打ち出の小槌〉が掲載される」

テル

〈お魚〉
海の魚はかはいさう。

お米は人につくられる、
牛は牧場で飼はれてる、
鯉もお池で麩《ふ》を貰ふ。

けれども海のお魚は
なんにも世話にならないし
いたづら一つしないのに
かうして私に食べられる。

ほんとに魚はかはいさう。

西條八十　「金子みすゞは優しい心を持った娘でしたから、小さい時、ご飯のおかずにお魚を食べる時、きっといつもこんな気がしたのでしょう。海の風をうけた小さい家のお茶の間で、お母さんと向かい合いになって、ちゃぶ台でご飯を食べながら、箸の手を止めて、悲しそうな眼をお皿のお魚に投げている優しい女の子が想われる謡（詩）です」

五

語り部　「一九二六年（大正十五年）テル二十三歳のときのことである。正祐、昨年【上山文英堂】に番頭として入社した本宮喜啓《もとみやよしひろ》とテルとの間に結婚の話が持ち上がっていることを知る」

正祐　「父さん、ボクは断じて反対です。そりゃあ、本宮さんは商売は達者かもしれません。でも、テルちゃんにふさわしい相手じゃありません」

松蔵　「なにをそんなにムキになる。テルも二十三歳、自分の分別というものがある。わしは何も押し付けちゃあおらん。母さんとも話し合って、提案しただけじゃ」

正祐　「ミチ伯母さんだって、テルちゃんだって、父さんに逆らったことはないがね。父さんはずるい！　逆らわんことを知っちょりながら、ことを運ぶなんて、横暴だよ！　ボクはあくまでも反対じゃからね」

語り部　「正祐、テルを三上山《さんじょうやま》の麓に呼び出し、本当の気持ちを聞き出そうとする」

正祐　「な、テルちゃん、なんであんな男との結婚話を承諾したん！　あいつは絶対ダメだ！　あんな、毎晩遊んで歩くようなやつ、テルちゃんには向いちょらん。テルちゃんのことはボクが守る。親父の犠牲になんかならんでくれ！」

テル　「正祐さん、ありがとう。でもな、なんも犠牲になんかなっちょりゃせん。役目なんよ。この世にあるものはみんな役目を持って存在しちょる。その役目を果たすんよ」

正祐　「また、そんな変な論理で、こんな大事なことを片づけようとする。他力本願はダメ！自分で考えにゃ！　自立せんと！」

テル　「この世はあるがまま、なるがまま。自然体よ」

正祐　「な、テルちゃん、聞いて。大事なことじゃ。ボクな、テルちゃんといとこじゃと思っていた。でも、他人だったんじゃ。徴兵検査で養子と分かった。どこからか、貰われてきたんじゃ」

テル　「あら、そのこと伯父さんや母さんは知っちょるの？」

正祐　「話しちょらん。テルちゃんが先じゃ。でも、なんでテルちゃん、驚かんの？　知っちょったんか?」
テル　「うん、知っちょった。私が四歳のとき、正祐さん、自家から貰われていったんよ」
正祐　「え、えっ!……、じゃ、ボク、テルちゃんの弟……。ミチ伯母さんが本当のお母さん……」
テル　「そう、堅助さんが兄さん」
正祐　「あ、あ、あ……、なんてこった!」
語り部　「それから二週間後、テルは本宮喜啓と結婚し、上山文英堂の二階で新婚生活をはじめた。
[童話]四月号に〈露〉が第一席入選する。フランス遊学から戻ったばかりの西條八十の選による」
テル　〈露〉
誰にもいはずにおきませう。
朝のお庭のすみっこで、
花がほろりと泣いたこと。

もしも噂がひろがって、
蜂のお耳へはいったら、

わるいことでもしたやうに、
蜜をかへしに行くでせう。

正祐　「本宮さん、あんた、なんで夜遊びを止めんちょか。テルちゃんが可哀そうじゃろうが」

本宮喜啓　「坊ちゃん、あんた、どういうつもりか知らんが、他人の家庭のことまで口出すことはないでしょうが！」

正祐　「あんたは、いまだに遊郭通いをしとるじゃろうが。そんなん、許されん！　ボクはテルちゃんを守ると約束した。あんたが遊郭通いを止めんのじゃったら、ボクはテルちゃんをここから連れ出す」

本宮喜啓　「坊ちゃん、あんた、親の脛かじっとるけ、そんな青いことばかり云うとるのや。他人の家庭に口突っ込む暇があったら、少しでも商いの勉強したらどうです！」

正祐　「商いの話をしちょるんじゃない！　人間としての〝道〟の話をしちょるんじゃ！　テルちゃんを幸せにしろ、云うちょるんじゃ」

本宮喜啓「旦那さん、坊ちゃんのこと、なんとかしてくれませんか。私は旦那さんの勧めで結婚したんです。それを坊ちゃんにグタグタねじ込まれて、えらい迷惑してます」

上山松蔵「お前、まだ女郎買いを止めとらんそうじゃな。うちの娘を嫁にして、いったいどういう了見じゃ！」

本宮喜啓「仕事は、旦那さんに負けんくらい、やっとるじゃないですか。店終わってからの遊びまで、とやかく云われることはない、と思いますが」

上山松蔵「お前な、わしが知らんとでも思うとんのか。身内だと思うて黙っとったが、売上くすねて、生活に使うんならともかく、女郎を買うとったとは、けしからん！」

本宮喜啓「どうせ、私に押し付けたんでしょうが。坊ちゃんを諦めさせるために」

上山松蔵「ばか野郎！　わしはテルに幸せになってもらいたかったんじゃ。お前は見込みがあると思った。正祐が跡を継いだのちも、お前ら夫婦が支えてくれると思った。あ、あ……、わしはとんでもない見込みちがいをしてしもうた。テルにすまんことをした。わしはもうお前は要らん！　テルを置いて、ここから出ていってくれ！」

上山松蔵「テル、すまんかった。わしは自分の考えに自信を持ちすぎていた。本宮はお前を幸せにし、お前は本宮を幸せにする、わしの力で支えれば、きっとそうなる、そう自信を持っておった。じゃが、本宮もお前も、わしの都合で押し付けられたと、思うちょる。こりゃあ、わしのしくじりじゃ」

テル　「私は、押し付けられたとは思うちょりません。叔父さんが、本宮さんと出逢ったんは、私のためだったんよ。こうなるのが、自然体よ」

上山松蔵　「馬鹿なこと云うもんじゃない。あいつは確かに商売上手じゃ。じゃが、根性が曲がっとる、競争はできても、人を敬ったり、愛すことはできんやつじゃ。気づくのが遅かった。ねこをかぶっとたんじゃ」

テル　「叔父さん、あの人の悪口云うの、もう止めて。私は、あの人に従いてゆくと決めたんです。神様のお導きなの。私のおなかには、赤ちゃんがいるの」

上山松蔵　「え！　ばかな……」

六

語り部　「一九二六年（昭和元年）テル、二十三歳の年に、引っ越し先、下関市関後地村にて、娘・ふさえを出産する」

テル　〈燕の母さん〉
　ついと出ちゃ

くるっとまはって
すぐもどる。

つういと
すこうし行っちゃ
また戻る。

つういつうい、
横町へ行って
またもどる。

出てみても、
出てみても、
気にかかる、

おるすの
赤ちゃん
気にかかる。

語り部　「赤ちゃんが生まれた喜びも束の間、まるで生まれ変わりとでも云うように、病臥にあった祖母・ウメがこの世を去った。葬式には、縁を切られた夫・本宮喜啓は参列できなかったが、テルは娘ふさえを連れて、仙崎に戻った」

兄嫁・チウサ　「テルさん、私ね、ずーっとおばあさんのこと、看病してきたんよ。ところがおばあさんちゅうたら、死ぬまであなたのことばっかり。病人にまで心配かけちょったんよ。どうするつもり」

兄・堅助　「おい！　なにもこんなときに……」

兄嫁・チウサ　「あなたも心配しちょったでしょうが。ふうちゃんが生まれたちゅうのに、あの人、まだふらふらして、仕事は変えるわ、引っ越しはするわ、おまけにまだ、夜遊びのクセはなおっちょらんそうじゃないの。兄として、あなたがきちんと云うべきことじゃないの」

テル　「義姉さんにまで心配かけて、ごめんなさい。今ね、本宮食糧玩具店を始めるっちゅうて、張りきって準備しているほ。大丈夫よ」

母・ミチ　「あなた、可愛いいよ。赤ちゃんに罪はないけえ。ほら、抱いてごらんなさいな」

上山松蔵　「わしは辛い。素直に喜んでやれん。確かに赤ん坊には罪はない。じゃが、このわしに罪があるじゃないか」

母・ミチ「全ていいと思って、やってこられたことじゃありませんか。中には思い通りにゆかんことだって、ありますよ」

上山松蔵「わしにとっても孫じゃ。そりゃ、抱きしめたい。だが、わしはテルを不幸にしてしまった。その罪はおおきい」

正祐「ボクはもう帰ってこん。東京で自立できるまでは、この山口の土は踏まん。死んだおばあちゃんにそう誓った。天才詩人の金子みすゞは、このごろちっとも書いてないようだけど、おばあちゃんに何を誓ったんじゃ」

テル「今まで書いたのを、まとめてる。それに、育児日記も結構楽しいほ」

テル〈私と小鳥と鈴と〉
私が両手をひろげても、
お空はちっとも飛べないが、
飛べる小鳥は私のやうに、
地面を速くは走れない。

私がからだをゆすっても、
きれいな音は出ないけど、

あの鳴る鈴は私のやうに
たくさんな唄は知らないよ。

鈴と、小鳥と、それから私、
みんなちがって、みんないい。

七

語り部
西條八十

「祖母・ウメが亡くなってから十日後のことであった。テルが師と仰ぐあの西條八十から電報が届いた。講演に行く途中、下関に下りる。乗り換えの少しの時間だが、ご都合いかがですか」

「かねがね、彼女の希望もあったので、あらかじめ電報を打っておいたが、夕暮れ、下関に下りてみると、プラットフォームにそれらしい影は見当たらず、乗り換えのためのほんの少ししか時間がなかったので、私はけん命に構内を探し廻った。すると、ようやくほの暗い一隅に、人目を憚るようにたたずんでいる彼女を見出すことができた。彼女は、一見二十二、三に見える女性で、とりつくろわぬ蓬髪に普段着のまま、背には一、二歳の赤児を背負っていた。作品においては、英国のクリスチイナ・ロゼッテイ女史に劣らぬ華やかな幻想を示しているが、この若い女性詩人の初印象は、そこらの裏町の、小さな商店の内儀のようであった。しかし、彼女の容貌は端麗で、その眼は黒曜石のように、深く輝いていた。彼女は『お目にかかりたさに、山を越えてまいりました。これからまた、山を越えて家に戻ります』そう云った。私は言葉を失って、ただただ赤ん坊の頭を撫ぜていた」

語り部　「このあと、テルは上新地の自宅には戻らず、反対方向の【上山文英堂】に寄り、いとこの花井正に『いま、西條八十先生に会ってきた』と嬉しそうに話した」

テル　「私が心から望んだことが、初めて実現したわ。これ以上の喜びは、もう他にはない」

語り部　「一九二八年（昭和三年）テル、二十五歳のとき、夫・本宮喜啓から性病を伝染《うつ》され、床に臥すことが多くなる。また、詩作や手紙のやりとりまで干渉される」

テル　〈繭《まゆ》と墓《はか》〉
蚕は繭に
はいります、

きうくつさうな
あの繭に。

けれど蚕は
うれしかろ、
蝶々になって
飛べるのよ。

人はお墓へ
はいります、
暗いさみしい
あの墓へ。

語り部

「一九二九年（昭和四年）テル、二十六歳。
本宮喜啓と結婚したころから、まとめ始めた作品集の清書がようやく出来上がる。
[美しい町]、[空のかあさま]、[さみしい王女]の三部作になっていて、五一二篇が収められている。これを、手帳の紙見本に一字一字書きつづり、三組つくった。
そして、一組を正祐に、一組を西條八十に贈った。

病状ますます芳しくなく、起きているときより、寝ているほうが多くなる。それでも夫・本宮は四度目の引っ越しをする。
そんな中、娘・ふさえの片言を〈南京玉〉と題して、ノートに書きはじめる」

本宮喜啓　「お前な、そんな辛気臭い顔で、店番されたんじゃ、お客はみんな逃げちまうよ」
テル　「すみません」
本宮喜啓　「お前、まだ何か書いているようじゃな。書くことはいっさいやめろ、と云ったろうが！」
テル　「もう、なんも書いちょりません。ただ、ふうちゃんが喋ったことを記録しちょるだけです」
本宮喜啓　「いいか。ここではおもちゃの方は止めて、食料品一本にする。お前はもう店番はせんでもええ」
テル　「申し訳ないです。どうしても、からだが云う事をきいてくれんほ。でも、これからどうなさるほ」
本宮喜啓　「お前とは、別居じゃ。部屋は借りてきたけえ、そっちに移れ。店番は明るくて、元気な娘を雇う。俺はバリバリ注文を取り歩くんじゃ」
テル　「そりゃまた、結構なお考えで。で、ふうちゃんは」
本宮喜啓　「ふさえは置いていけ。病人のお前にはどうにもならんやろ」

テル　「それなら、私はここを動きません。私がここに居ても、明るい、元気な娘さんは雇えるでしょ」
本宮喜啓　「あのな、お前は貧乏神なんじゃ。お前と一緒になってから、本当にいいことは無いがの。心機一転したいんじゃ！」
テル　「それなら、ふうちゃんを連れて、出てゆきます」
本宮喜啓　「ほんとにお前は、俺をいらいらさせる。勝手にしろ！　ただ、云っとくがな、ふさえは俺の育て方で育てるからな」
テル　〈きりぎりすの山登り〉
きりぎっちょん、山のぼり、
朝からとうから、山のぼり。
　ヤ、ピントコ、ドッコイ、ピントコ、ナ。

山は朝日だ、野は朝露だ、
とても跳ねるぞ、元気だぞ。
　ヤ、ピントコ、ドッコイ、ピントコ、ナ。

あの山、てっぺん、秋の空、

つめたく触るぞ、この髭《ひげ》に。
　ヤ、ピントコ、ドッコイ、ピントコ、ナ。

一跳ね、跳ねれば、昨夜《ゆうべ》見た、
お星のとこへも、行かれるぞ。
　ヤ、ピントコ、ドッコイ、ピントコ、ナ。

お日さま、遠いぞ、さァむいぞ、
あの山、あの山、まだとほい。
　ヤ、ピントコ、ドッコイ、ピントコ、ナ。

見たよなこの花、白桔梗《ききょう》、
昨夜のお宿だ、おうや、おや。
　ヤ、ドッコイ、つかれた、つかれた、ナ。

山は月夜だ、野は夜露、
露でものんで、寝ようかな。
　アーア、アーア、あくびだ、ねむたい、ナ。

語り部　「一九三〇年（昭和五年）二月二十七日、テル、本宮喜啓と正式離婚。娘ふさえを連れて、【上山文英堂】に移る。しかし、親権は法律上父親にあり、本宮喜啓はあくまでも、ふさえは自分が育てると云い張っていた」

テル　「ふうちゃん、え、寝顔やね。まるで観音様みたいじゃね。ごめんね、ふうちゃん。おかあちゃん、こんな体になってしもうて、もう、あなたに何にもしてあげられん。お風呂も入ってあげられんし、遊んでもあげられん。でもね、おばあちゃんはなんでもしてくれるけえ。おばあちゃんにいっぱい可愛がってもろうてね。おかあちゃん、命をかけてふうちゃんのこと、守るからね」

テル（唄う）　〈金糸雀《かなりや》〉（西條八十作詞・成田為三作曲）

唄を忘れた　金糸雀《かなりや》は
後ろの山に　棄てましょか
いえ　いえ　それはなりませぬ
唄を忘れた　金糸雀《かなりや》は
背戸の小藪に　埋《い》けましょか

いえ　いえ　それはなりませぬ

唄を忘れた　金糸雀《かなりや》は

…………………

語り部　「一九三〇年（昭和五年）三月九日、テル、【三好写真館】にて、娘ふさえに残す最後の写真を撮り、翌三月十日、睡眠薬カルモチンを服用し、永遠の眠りにつく。遺書で本宮喜啓に、ふさえを母ミチに預けてくれるよう切に訴え、〝金子テル〟は自らの人生を閉じた。享年二十六」

テル　「あなたがどうしてもふうちゃんを連れてゆきたいというのなら、それは仕方がありません。でも、あなたがふうちゃんに与えられるものは、お金であって、心の糧ではありません。私はふうちゃんを心のゆたかな子に育てたいのです。どうか、お願いです。ふうちゃんを母に預けてください。どうか、お願いです。お願いです」

語り部　「この日は、本宮が娘を引き取りに来る日であった。この遺書のこともあり、また、上山松蔵の働きもあり、結局ふさえは母・ミチに育てられることになった」

正祐　「テルちゃんの不可思議な心境には全く参ってしまった。手の届かぬ程の特異な境地で、あまりにいたましく、あまりに病的であるが、しかし、それを知りつつ、やっぱり手を束ねて見ていねばならぬほど、特殊な個性の持ち主であることを、愈々痛感した。いかにも、その心持は理解できるが、同感できることではない」

西條八十　「雨の中をタクシイで宿まで運ばれる中にも、傷ましい追憶がしきりに胸をうつ！雨に濡れた町全体が、私に呼びかけていた。金子みすゞ！　金子みすゞ！　あ、あ……亡きその女《ひと》の名を！」

全員　〈星とたんぽぽ〉
青いお空の底ふかく、
海の小石のそのやうに、
夜がくるまで沈んでる、
昼のお星は眼にみえぬ。
　見えぬけれどもあるんだよ、
　見えぬものでもあるんだよ。

散ってすがれたたんぽぽの、
瓦のすきに、だアまって、
春のくるまでかくれてる、
つよいその根は眼にみえぬ。
　見えぬけれどもあるんだよ、
　見えぬものでもあるんだよ。

〈参考文献〉

新装版『金子みすゞ全集』Ⅰ・Ⅱ・Ⅲ（ＪＵＬＡ出版局）
矢崎節夫著『童謡詩人金子みすゞの生涯』（ＪＵＬＡ出版局）
金子みすゞ童謡集『美しい町』上・下巻（ＪＵＬＡ出版局）
金子みすゞ童謡集『空のかあさま』上・下巻（ＪＵＬＡ出版局）
金子みすゞ童謡集『さみしい王女』上・下巻（ＬＵＬＡ出版局）
詩と詩論研究会編『金子みすゞ花と海と空の詩』（勉誠出版株式会社）
今野勉著『金子みすゞふたたび』（株式会社小学館）
矢崎節夫監修『別冊太陽・生誕一〇〇年記念金子みすゞ』（平凡社）
島田陽子著『金子みすゞへの旅』（編集工房ノア）
矢崎節夫著『金子みすゞノート』（ＪＵＬＡ出版局）
『西城八十詩集』（角川春樹事務所）

解説　傑出した詩人の魂の美しさを朗読できる喜び
末原正彦朗読ドラマ集『宮澤賢治　中原中也　金子みすゞ』に寄せて
鈴木比佐雄

1

千葉県君津市に暮らす詩人の末原正彦氏が朗読ドラマ集『宮澤賢治　中原中也　金子みすゞ』を刊行された。末原氏はなぜ宮澤賢治、中原中也、金子みすゞの一人ひとりの「朗読ドラマ」を書きたいと考えたのだろうか。三人とも若くして亡くなった夭折詩人であり、生前は一部の識者を除き全国的には無名の若者であった。宮澤賢治は一九三三年に三十七歳、中原中也は一九三七年に三十歳、金子みすゞは一九三〇年に二十六歳で、亡くなったが、死後に名声が高まり傑出した詩人と言われて今もこの三人の詩人の詩は読まれ続けて、二〇世紀の日本を代表する詩人の中でも、この三人の名は人一倍輝いている。しかし多くの人びとに詩行が記憶されて詩人として名前が通っていても、その詩人の生涯が理解されているとは限らない。短い生涯であったが、密度の濃い時間を生きて優れた詩篇を数多く残した謎を、明らかにしたいと思ったのだろう。子供や学生や文学の愛好家たちにそんな優れた詩人たちの詩や生き方を伝えるには、どうしたらいいだろうかという問いがあったに違いない。それらの詩人たちの作品や手紙などの資料を読み、その詩人の評伝や詩人論を読めばいいのだが、よほどの研究者的な関心がなければそこまではいかないだろう。末原氏はそんな天才的な詩人たちをテーマにした「朗読ドラマ」を作り、その詩人を愛し支えた身近な人たちの一人として参加してもらい、その朗読によってその詩人の人生を生き直してもらおうと考えたのだろう。その詩人の家族や友人知人の一人となって、その詩人の人生の出来事に関わっていき追体験をすることは、貴重な体験になるのではないかと思われた。文学作品を机上で読むだけでなく、壇上で朗読するだけでなく、朗読がドラマになって一人の天才的な詩人の人生を体感できることは、複数の参加型の文学の作品として新たな可能性を切り拓く可能性がある。スマホ・パソコンなどを通して漫画・コミックやユーチューブなどの映像の世界が溢れている環境の中で、じっくり読書をする日常が遠い過去のように思われてくる。急速に書籍の世界は縮小し始めているが、実は映像の世界を生み出している原点には文化財的な書籍の原作や研究書が存在している。また生身の人間が効率を追求する生き辛い世界の中で、存在の危機に遭遇した時に、その内面を見つめて真実を語ろうとする詩的世界は、実は人の心を新たにさせる有益な読書体験につながっている。そんな詩人たちを生み出した家族環境や時代背景にはどんなドラマがあったのだろうか。

末原氏の「朗読ドラマ集」の試みは、出来るだけ客観的な事実を通して記述していく評伝的な側面もあるが、優れた詩人の内面が刻まれている作品や手紙などを駆使し、その内面に深く関わった親族、友人、知人たちの貴重な証言に基づいて、詩人の一生を小説のように再構築している。末原氏は多くの人びとを感動させてきた優れた詩群を生み出した詩人の生き方もまた一つの芸術作品であると言う認識を持っているのだろう。その意味では、三人の詩人の生き方そのものとそれを支えた人びととの関係を長編詩のような芸術作品にしたいと願ったのだろう。そして様々な形でその朗読ドラマ集を朗読してその詩人たちの詩篇を生み出した真実を受け止めて欲しいと考えたのだろう。

2

一章「宮澤賢治の一生」では、語り部AとBが賢治を含めた登場人物の思いを解説しながら進行役となる。そして息子の命を心配する父の政次郎と母のイチ、賢治の良き理解者であった妹のトシとシゲ、賢治の才能を見抜き後世に伝える森佐一、賢治の農地改良の知見を頼った東北砕石工場の鈴木東蔵、賢治と見合いをして思慕する伊藤チエたちなどの証言を絶妙に配置してドラマは展開していくのだ。その中でも父政次郎との仏教思想の対話は、現実を生き延びる実践思想と理想を秘めた宇宙意志との父子の内面の格闘を提示している。また最愛の妹トシの亡くなる命の儚さを感じさせる場面や、賢治自身の臨終場面でも地元の収穫祭の祭りを見届け辞世の短歌を残し、最後まで農民の稲作の相談に乗り、妙法蓮華経を千部作って配布することを遺言して、命が果てていく姿には、込み上げてくるものがある。末原氏はほとんど会話体で心に染みるように生き生きと表現している。

二章「中原中也の生涯」に関しては、登場人物の父母などの家族の会話文はほぼ事実に即しているようだが、愛人の長谷川泰子、友人で後に評論家となる小林秀雄との三角関係を語る場面は末原氏の様々な資料を駆使して想像力によって迫真の修羅場の場面を描いていく。しかし中也と小林秀雄は何度も絶交を繰り返しながらも、互いを必要として激論を交わし文学者の自負心や見識の深さも随所に感じられて、文学に命かける詩人と評論家の存在の在りかを伝えてくれている。中也は年下だが年齢の上の文学者に様々な影響を与える詩の女神のような詩的精神を抱えていた。河上徹太郎、諸井三郎、大岡昇平、安原喜弘、高森文夫、檀一雄、太宰治などの、後に名を成していく文士たちと喧嘩をしながらも親しくなっていく、不思議な人間的な魅力を抱えていたことが分かる。そのやり取りを末原氏は想像力で活写している。中也は結婚し息子文也が誕生し溺愛していたが、文也を亡くして人一倍あった魂のエネルギーが枯渇していく。精神病院から抜け出してきて、小林秀雄と鎌倉でビールを飲みながら、前途茫洋を「ボーヨー、ボーヨー」という場面は、中也の存在の悲しみが溢れ出す思いがしてくる。

三章「金子みすゞ物語」に関しては、母・テル、祖母・ウメ、兄・賢助、弟・正祐、叔父・上山松蔵、夫・本宮喜啓、兄嫁・チウサ、西條八十などが登場人物だが、文学者は西條八十だけで、親族が中心となり、資料も限られているので、この三部作の中でも想像力で書かれた朗読ドラマだろう。ところどころに金子みすゞの童謡詩の名作が効果的に配置されていて、金子みすゞの純粋な内面が迫り、それが展開されていく。夫から性病をうつされ、実生活では苦難の連続だった。その後離婚後に子と引き離されることを悲観して自死をしてしまう。西條八十は下関のプラットフォームで初めて会った印象を「彼女の容姿は端麗で、その眼は黒曜石のように、深く輝いていた」と語り、その才能を高く評価していた。金子みすゞの書き残した五百篇の童謡詩は、多くの子供や詩の愛好家たちから愛され読み継がれている。その悲劇的な人生であるけれども故郷の山口県の浜辺で命を落としていく魚たちの命を慈しみその命を弔う金子みすゞの魂の美しさを末原氏は、朗読ドラマで語り継がせようとこころみたのである。

　このような末原氏の宮澤賢治、中原中也、金子みすゞの朗読ドラマを一人で何役を兼ねて朗読しても構わないし、また仲間たちと一緒に朗読を試みたり、劇団なども本格的な朗読ドラマとして活用されたらいいのではないかと思われる。

著者略歴

末原正彦（すえはら　まさひこ）

一九三九年生まれ
鹿児島県出身
日本学術振興会、出版社・文林書院編集長勤務後
　子育てのため、千葉県君津市久留里に転居、現在に至る。
ＮＰＯ法人「久留里城山郷かずさ活性化の会」理事長
詩集『鮮度良好』（芸風書院）、『末原正彦詩集』（近文社）他
シナリオ研究所にて、大山克巳、山田信夫、国広威雄、吉田喜重等の講師に
　シナリオを学ぶ。
日本詩人クラブ、千葉県詩人クラブ、千葉県俳句作家協会　会員

現住所　〒二九二‐〇四二一　千葉県君津市久留里三四八‐一

石炭袋

末原正彦　朗読ドラマ集
『宮澤賢治　中原中也　金子みすゞ』

2020年11月28日初版発行

著者　末原　正彦
編集・発行者　鈴木比佐雄
発行所　株式会社コールサック社

〒173-0004　東京都板橋区板橋2-63-4-209号室
電話　03-5944-3258　FAX　03-5944-3238
suzuki@coal-sack.com　http://www.coal-sack.com
郵便振替　00180-4-741802
印刷管理　株式会社コールサック社　制作部

装幀　松本菜央　本文扉イラスト　末原正彦

ISBN978-4-86435-459-2　C1095　¥2000E